Quelques titres du même auteur chez d'autres éditeurs :

Entrée du diable à Barbèsville, Rivages, 2008.
Le coup du sombrero, l'Atalante, 2008.
Quand j'étais star, Casterman (avec Jean-Philippe Peyraud), 2008.
Souffrir à Saint-Germain-des-Prés, l'Atalante, 2005.
Rouge est ma couleur, Casterman (avec Chauzy), 2005.
La guitare de Bo Diddley, Rivages, 2003.
Personne n'en sortira vivant, Rivages, 2003.
Gangsta Rap, Gallimard, 2000.
Made in Taïwan, Rivages, 1999.
J'aurais voulu être un type bien, l'Atalante, 1994.
Ballon mort, Gallimard 1984. Le Castor Astral, 2008.

Bird

COLLECTION DIRIGÉE PAR JOËLLE LOSFELD

© Éditions Gallimard, 2008.
ISBN : 978-2-07-078759-3

Marc Villard

Bird

Roman

ÉDITIONS JO**Ë**LLE LOSFELD

À Patrice et Jean-Bernard

nos voix se sont tues
le silence la boue les murailles du désespoir
partons
il est temps de respirer l'odeur de la nuit
et de s'y enfoncer à jamais

FRANCIS GIAUQUE

1

Il est vingt et une heures ce 10 janvier et j'avale mon café d'un trait pendant que Mister Bob, notre chauffeur, se penche vers moi en écrasant sa cigarette.

— On y va, Cécile ?

— Janice est dans le coin ?

— Elle téléphone à son mec en bas.

Nous sortons dans le froid vif et récupérons Janice qui boucle sa trousse d'infirmière. Je passe mon joli blouson bleu et blanc avec «Samu social de Paris» écrit en typo énorme dessus pour le cas où l'on me confondrait avec un CRS.

Le camion est en fait une camionnette Peugeot Boxer qui comporte trois sièges à l'avant, deux au milieu et trois derrière. Je me case à l'avant contre Mister Bob et nous enclenchons la maraude à trente-cinq à l'heure car la nuit est tombée. Nous laissons Saint-Michel derrière nous et Bob met le cap sur la place d'Italie. Je branche Radio Nova qui propose un vieux morceau de Femi Kuti. Derrière les vitres, des silhouettes effarées s'enfuient; les lumières s'étouffent dans le brouillard ; la ville se détruit mais sur la Seine les bateaux-mouches fendent la torpeur, tous projecteurs en goguette. Un groupe de jeunes mecs complètement imbibés balancent des canettes dans la flotte et chantent leur amour pour le PSG. Janice, penchée contre la vitre de droite, murmure :

— Dis donc Cécile, c'est vendredi ton anniversaire ?

— C'est ça. Côté cadeaux, je place en première ligne des chaussettes hyperchaudes.

— Des chaussettes à vingt-cinq ans, tu rigoles.

— Presque. Je me gèle les pieds depuis ma naissance. Bob, ralentis, y a un type sur la bouche de chaleur face au Franprix.

Le chauffeur gare la camionnette et nous descendons. Je ne connais pas l'homme à terre, qui accuse une soixantaine d'années. Il a réparti son bordel autour de lui et repose sur la bouche, les pieds nus. Je m'accroupis à ses côtés, position de base des travailleurs sociaux.

— Monsieur, c'est le Samu social. Vous m'entendez ?

Le mec exhale le mauvais vin mais j'ai l'habitude. Je lui secoue légèrement l'épaule. Il se réveille enfin et son visage boursouflé se tend vers moi.

— Quoi, encore ?

— C'est le Samu, comment ça va ? Pas trop froid ?

— Ça roule. Je reste ici cette nuit.

— On a du café chaud et des gâteaux.

— D'accord pour le café.

Trois minutes plus tard nous sommes autour de lui à discuter de sa vie pendant que Janice l'examine par en dessous.

Il vient de Nancy et connaît Paris depuis seulement trois jours. On ne peut pas vraiment le faire entrer dans la catégorie des Grands Clochards qui sont la priorité du Samu. Il touche le RMI et son fils lui envoie un peu de fric. Finalement, Mister Bob bouge le camion en direction d'Oberkampf.

Traînées rouges sur le bitume.

Jazz de nuit.

Des ombres et, parfois, la mort, la mort.

Janice au parloir.

— Bob, refais le tour du rond-point, j'ai vu une femme sur un banc.

Plus rien ne m'étonne dans la nuit parisienne. La détresse totale commence à deux heures du matin. Là, nous sommes encore dans un créneau acceptable. Par moins trois degrés, une femme plutôt élégante se tient bien droite sur un banc, seulement couverte d'un imperméable. Tout le monde à terre. C'est moi qui parle.

— Bonsoir, madame, Samu social de Paris. Vous attendez quelqu'un par ce froid ?

— Non, non. Je n'ai besoin de rien.

— D'accord, mais vous attendez depuis combien de temps ?

Elle hésite longuement puis finit par lâcher :

— Quatre jours.

Pendant que Janice lui pose sur les épaules une couverture de survie, je l'encourage à nous raconter ses déboires. En fait, elle a été virée de chez elle par ses enfants pour une raison obscure d'héritage et elle zone depuis ce moment-là.

Janice me chuchote que la femme peut faire un petit Alzheimer.

— Écoutez, madame, si vous êtes d'accord, je vous propose une nuit dans un abri à Montrouge. Vous n'aurez pas froid et vous prendrez un petit déjeuner. D'autre part, vous devez prévenir la police, vous ne pouvez pas accepter d'être renvoyée de chez vous comme ça. Vous acceptez de venir ?

Elle dit oui d'une voix mourante.

Janice s'assoit à l'arrière avec la femme et commence une étude superficielle de sa santé nerveuse. Je mets en piste Solomon Burke qui traîne sur une radio périphérique et allume ma troisième Marlboro de la soirée.

— T'en veux une, Bob ?

— Ça va, j'essaie d'arrêter comme tout le monde. J'ai la dalle, pas toi ?

— Si mais je veux me maintenir à cinquante-sept kilos. Tu vois les fêtards qui cuvent leur pinard à l'entrée du cimetière ?

— On les réveille ?

— Allez, c'est ma B.A. du jour.

Nous freinons près de trois jeunes gens légèrement vêtus qui ronflent à tout vent. Je m'agenouille près d'eux et, en me faisant engueuler comme d'habitude, je leur conseille de faire gaffe à leur fric, le coin est plutôt isolé au Père-Lachaise.

Minuit dix-sept. Je refuse deux Roumains spécialistes de l'hébergement de nuit à répétition.

Minuit quarante, nous récupérons une femme seule en chemise de nuit, complètement égarée et qui réclame du

Valium. Janice appelle le régulateur pour prévenir le Samu médical et nous les attendons à l'intérieur du camion.

À une heure du mat', nous pouvons repartir, vers le XVIIIe cette fois-ci.

Le camion remonte sur la Chapelle, dépasse la station de métro et j'accroche du regard le carrefour Barbès, bruissant de jour comme de nuit. Des immigrés pressés se goinfrent de sandwichs grecs ruisselants de sauce ; des jeunes filles blacks agitent leurs tresses en direction d'une dernière fête avant de rentrer dormir. Bob prend à droite du côté de la rue Myrha et je repère Charlie, cinquante-cinq ans dont dix dans la rue, qui reste mon meilleur contact dans le monde des exclus. Janice se penche vers moi.

— Tu as vu Charlie ?

— Oui, je vais lui parler.

— Propose-lui de monter, il ne réclame pas mais sa couverture de merde doit pas lui servir à grand-chose.

Je fais oui avec la tête et me laisse glisser sur la chaussée. En apercevant mon blouson, trois dealers se rencognent dans un mur lézardé.

— Salut, Charlie, c'est moi Cécile.

— Putain, ça caille cette nuit.

— On vous emmène à Montrouge si ça vous tente.

— Je veux bien, j'ai chopé une sorte de virus.

— Un seul ?

— Putain, l'humour. Aide-moi à porter mes sacs.

Je donne un coup de main à Charlie qui ressemble à un vieux de soixante-dix ans. Il s'installe à l'arrière et je me pose à ses côtés. Les deux femmes sont sur la banquette du

milieu. Mister Bob tourne vers nous sa bouille de Martini-
quais.

— Cécile, on rentre à Montrouge et on remonte dîner à
Saint-Michel derrière. C'est bon ?

— Ça marche, Bob.

Puis je pivote vers Charlie en dévissant le couvercle de la
thermos.

— Alors, papy, vous avez cherché ?

— Oui, donne-moi deux madeleines.

Je lui tends le paquet.

— J'ai trouvé des mecs qui l'ont croisé et l'un des gus a
même pieuté avec lui dans un squat du XIXe.

— C'est vieux ?

— Trois jours. Mais il y a autre chose.

— Dites-moi.

— Il a changé son nom. Personne ne sait qu'il s'appelle
François Mangard. Maintenant, on lui dit Bird.

2

Bird laisse Saint-Michel derrière lui et s'engouffre dans le métro. Il se poste sur le quai Porte-de-Clignancourt et allume un vieux mégot. Son œil blasé percute les voyageurs car le nombre de touristes lui garantit une recette aimable. Il est grand et très maigre, ses cheveux gris-blond tombent dans son cou et ses lunettes rafistolées avec du fil de fer lui donnent l'air d'un vieil intello perdu dans la cité. À ses pieds, le saxo prêté par Théo. Côté fringues, il fait pas dans le détail : ensemble en toile noire de charbonnier. Il est dix-sept heures ; il grimpe dans le dernier wagon du train à quai. Sueurs de fatigue.

Il se case contre la porte du fond, pose à ses pieds son sac à dos et porte le sax à sa bouche. Et ça lui vient comme ça : *Lover Man*. Il pense à Bird, l'autre, qui nourrit les asticots dans une terre lointaine. Il pense : après j'attaque *Alone Together*, fait trop chaud sur cette ligne à pneus, Paris est une ville vendue au Japon, besoin de trois cafés chauds, pas baisé depuis deux mois. Le monde s'anamorphose.

Mais ça lui prend pas la tête, il est comme ça, Bird. Techni-

17

quement, il possède de beaux restes au sax. C'est le souffle qui manque. À force de téter la nicotine et de pioncer sur des bouches de métro, le réservoir d'air se rétrécit. Mais il s'en fout. Théo lui prête le sax et, quand il zone vraiment côté fric, il se fait une dizaine d'allers-retours sur Orléans-Clignancourt ou Levallois-Gallieni. La clientèle est différente. Sur la ligne verticale on lui donne par solidarité et sur l'autre par commisération. Dans tous les cas, la thune a la même odeur.

Voilà, il passe entre les sièges avec sa timbale à la main sans essayer d'avoir l'air sympa. D'ailleurs, il n'est pas très sympa. En fait, il emmerde tous ces fils de pute persuadés qu'Art Pepper est un chanteur de rap. Mais le son duveteux de son instrument déclenche des gestes de sympathie. Il descend de la voiture et sait, à vue de nez, qu'il a ramassé trois euros. Puis il remonte vers l'avant, saute un wagon par superstition et pénètre en milieu de rame. Rengaines, rengaines, petite mort.

À vingt heures, Bird en a terminé avec la manche. Il ramasse son matériel et prend la direction Porte-de-Bagnolet. Quinze minutes plus tard, il longe le périphérique sur le bord et à contresens. Il salue quelques Roumains qu'il connaît vaguement et aperçoit sur le talus, à dix mètres des pots d'échappement, la tente de Théo et Marie. Ils ont installé autour une parodie de jardinet à l'aide de vieilles planches et un frigo branché au local technique sous le pont du périph. Une vioque de dix mille ans leur a laissé une vieille télé Thomson qu'ils regardent le soir en hurlant de rire. Leur émission fétiche c'est la Star Ac. Tous ces mômes avides de réussite, ça les branche à mort. Ils se font aussi les émissions consacrées au gotha avec le blond frisé, là, Bern. Ces mecs bourrés de fric avec des problèmes de Ferrari essuient leurs quolibets à longueur de soirées.

Bird se penche et, après s'être annoncé, pénètre dans la tente. Marie est seule et donne à manger à son chien, un bâtard sans ambition. Elle a quarante ans, des cheveux noirs trop longs et son visage respire la bonté comme on disait autrefois. Bird se laisse choir à terre. La femme lève la tête en souriant.

— Tu t'es fait combien ?

— Trente euros. Des Japs et des Blacks friqués en route pour Saint-Ouen.

— C'est là-bas qu'on devrait s'installer. Théo, le roi du deal, pourrait trouver des petits boulots.

— Tu penses à la came ?

— Non, non. Des services que tu rends aux mecs qui se la pètent. Tu fais leurs putains de courses. Aux puces, on m'a dit qu'il y avait plein de possibilités. Tu dors ici, ce soir ?

— Je veux bien. Ça caille un max et la dernière fois, à Montrouge, on m'a piqué ma petite radio et une paire de godasses.

— Théo ne rentre qu'à minuit. Un poker, je crois.

Maintenant, ils ne parlent plus. Ils se regardent, ils respirent leurs odeurs respectives. Le chien sort en grondant, les grosses cylindrées klaxonnent en contrebas. L'attente murmure.

À onze heures trente, Théo débarque dans la tente. Tout le monde dort, chien compris. Il avise Bird et le secoue par l'épaule.

— Bird, Neuneu s'est fait ramasser dans un peep-show.

— Quoi ?

— Tu sais bien, mon pote qui fout tout son fric dans les peep-show. Il a agressé une fille, ce con, et les flics l'ont embarqué.

— Qu'est-ce qu'on peut faire ?

— C'est pas toi qui as une copine dans un groupe d'avocats pas chers ?

— Marjorie. Je peux voir ça demain, c'est toujours mieux qu'un commis d'office qui ne connaît rien au prévenu.

— Elle fait croire qu'il est dingue, que c'est plus fort que lui.

— C'est elle qui décidera. On a intérêt à ramasser de la thune, c'est quand même pas gratuit.

— Bon, d'accord. On regarde *Jeremiah Johnson* sur la 2 ?

— Encore !

— Allez, seulement la fin.

Du coup, ils se tassent dans un coin de la tente et, avec le son étouffé, assistent aux dernières scènes du western écolo. Théo se tourne vers Bird.

— Ce pauvre Redford, c'est le destin qui parle.

— Dis pas de conneries, il était pas obligé de passer par le cimetière. C'est comme Neuneu avec la fille du peep-show, il est pas près de retourner s'astiquer dans ces pièges à touristes.

— T'es pas content, je t'ai réveillé.

— T'es chez toi, mec. On dort ?
— On dort.

Lendemain matin, onze heures vingt. Plafond bas sur la ville.

Bird sort du local professionnel de Marjorie et ses amis avocats. Des gens sympathiques qui croient encore à la justice. Ça leur passera. Il a vendu l'affaire Neuneu à sa copine, une dingue de Coltrane qu'il a connue au festival de Marciac quand il était une star locale. Elle lui disait : «Allez, vieux, joue-moi les deux premiers morceaux de *Blue Train*.» Il le faisait. Putain, la pêche qu'il avait à l'époque. Avant la dégringolade et l'envie de rien.

Il parvient à grands pas à Saint-Eustache, dévale l'escalator qui mène au Ciné Cité, mais stoppe devant une petite porte grise à droite des caisses. Puis attend.

Cinq minutes plus tard, les premiers spectateurs de la séance de neuf heures quinze dans la salle 7 poussent le panneau métallique. Il s'engouffre à contresens, tourne dans le petit couloir obscur et jette un coup d'œil à la salle. Seul un pépère ronfle au dernier rang. Bird se glisse dans la rangée du milieu, choisit un siège et s'endort instantanément. Vingt minutes plus tard la salle est à moitié pleine et il ouvre les yeux sur la séquence des cages en bois dans *Élection 1* de Johnnie To. Du coup, il est complètement réveillé et se laisse accrocher par le polar hongkongais.

3

Il est deux heures du matin et nous sommes réunis pour la pause au central de Saint-Michel. Quand je passe avec mon plateau devant le serveur du self, il me rajoute une charlotte aux poires et prévient :

— J'apporte les bougies, Cécile.

Autour de la table du fond, Janice, Mister Bob, Alicia, Kevin et Carlos m'attendent avec leurs petits paquets. Je pose mon plateau.

— Je pensais que c'était une blague, j'ai même dit à Janice que j'espérais des chaussettes

— Ça tombe bien, répond Carlos. Ouvre mon cadeau.

Je m'exécute en souriant et mets au jour deux paires de grosses chaussettes en laine de toutes les couleurs. Les autres éclatent de rire et, du coup, je fais tomber mes Nike et enfile les chaussettes de compétition. Puis chacun me tend son paquet et je distribue des bises à la volée, un peu émue, je dois dire. Le serveur du self, Rachid, ouvre une bouteille de bordeaux rosé et on est tous un peu partis en dix minutes. Alicia se penche vers moi.

— Ça te fais quel âge, exactement ?

— Vingt-cinq.

— Tu comptes rester longtemps au Samu ?

— Quelques mois. Après, j'essaie un travail sur les quartiers. J'ai un copain qui peut me brancher sur Montreuil.

— Et ton jules, Benjamin, tu le vois toujours ?

— Non, c'est terminé. En plus, il est muté à Nouméa pour son boulot ; je suis pas trop femme de marin.

Alicia et Kevin composent mon équipe de nuit. C'est la deuxième fois que nous sommes dans le même groupe. Je presse contre ma poitrine les cadeaux de mes copains : le dernier CD de Gnarls Barkley, un livre de Fred Vargas, les chaussettes et un petit album sur les vieux cinémas parisiens. Il fait chaud ici, je suis bien.

Trente minutes plus tard, nous sommes dans le camion et la température est bloquée à moins quatre degrés. J'ai installé mon CD sur le lecteur et me laisse bercer par *Crazy*. En remontant rue de l'Évangile, j'avise un couple rencogné dans la zone industrielle. Ils sont emmitouflés dans un vieux sac de couchage et leur chien monte la garde à trois mètres. Alicia saute à terre et je la suis mollement, engourdie par le pinard et le gâteau. Brusquement, elle lève son regard angoissé vers moi et je commence à ressentir la trouille.

— Ils sont glacés.

— Réveille-les, je vais chercher la soupe.

Ils sont effectivement trop froids et la soupe les requinque. Je rapporte deux couvertures de survie et nous les aidons à recouvrir leur duvet. Ils sont du Nord et ont perdu leur job.

Trois heures. Une femme dort dans un abribus. Je me penche sur elle, mais elle ronfle et elle est bien couverte. Un jeune type de vingt ans s'arrête dans mon dos et commence à râler car il n'arrive jamais à obtenir le 115. Ce n'est pas une nouveauté. Je lui propose de monter dans le camion et de le laisser à Montrouge ou Yves-Garrel. Il accepte.

Trois heures vingt, place Pigalle. Un jeune homme en uniforme de marin est étendu contre des bosquets, complètement ivre. Alicia le réveille et lui fait avaler deux Doliprane car son front est brûlant. Nous lui proposons un café et une nuit à Montrouge. Il refuse. Je fais un saut au camion et lui rapporte un duvet.

Trois heures quarante-cinq. La régulation nous indique un signalement de particulier rue des Petites-Écuries. La femme est installée à deux pas du New Morning et campe au centre d'un espace fermé par deux poussettes remplies à ras bord. Elle refuse notre aide et part dans un délire où il est question d'extraterrestres qui vont l'éliminer si elle traverse la rue. Elle refuse notre café. Comme nous nous éloignons, un homme de cinquante ans se présente et insiste pour qu'Alicia examine Roberta (la femme en question) qui a été tabassée la nuit dernière. Alicia revient vers elle et découvre des plaies ouvertes sur ses bras. Je réclame un lit infirmier au régulateur et nous entraînons Roberta avec nous. Elle pleure maintenant à chaudes larmes. Kevin prend la direction Montrouge et nous confions nos sans-abri au centre. Puis nous rentrons sur Saint-Michel pour quatre heures trente. Je me change et passe ma doudoune noire. J'entasse mes cadeaux dans un sac Tati et allume ma première Marlboro du matin.

La nuit est innombrable.

Gosses dans la brume.

Taxis invisibles, paumés du matin glacial.

Encore une nuit sur ces lieux de douleur.

Je consulte ma montre. Une réunion est prévue à six heures à la chapelle Saint-Merri. Je traverse le Boul'Mich' et, en attendant l'heure, pénètre dans l'unique café ouvert dans le quartier.

Trois thés plus tard, je me hâte vers Saint-Merri.

À l'entrée de la salle contiguë à la chapelle, un carton discret précise : Addicts Anonymes.

Nous sommes douze dans la pièce. Certains boivent des cafés dans des gobelets en plastique, d'autres tirent sur leurs cigarettes préférées. L'animatrice, une femme rousse corpulente, s'installe face à nous. Elle porte des fringues de la RATP.

— Bonjour à tous et merci d'être venus par ce froid. Quelqu'un veut parler ?

Un albinos assis au premier rang lève la main comme à l'école.

— Voilà, je m'appelle Tony mais c'est pas mon vrai nom.

— Salut, Tony, répondons-nous.

— Au début, j'aimais pas trop l'alcool.

— Moi non plus, intervient une petite brune rigolote.

— Mais j'ai commencé avec les copains à Aulnay. On s'emmerdait, alors on a décidé de boire. Après, ils m'ont viré de chez Culligan et c'est à ce moment-là que j'ai connu Marie.

— Toutes des salopes, intervient un homme obèse et sale assis au dernier rang.

— Robert, ça va comme ça, le coupe la rouquine. Continue, Tony, nous sommes tes amis.

— Ouais. On s'est mis ensemble avec Marie et un jour j'ai découvert une bouteille de Negrita dans la salle de bains. Planquée. Alors on s'est mis à picoler en famille comme des dingues. Elle est morte écrasée par un camion.

Maintenant, il pleurniche. J'essaie de penser à autre chose mais, bon, c'est aussi pour les écouter que je suis là. Bref, après la mort de sa femme il a entrepris une cure. Il n'a pas bu depuis deux mois et c'est pas de la tarte.

— Merci de m'avoir écouté, conclut Tony.

— Merci à toi Tony, murmurent les présents.

— Quelqu'un d'autre veut prendre la parole ?

— Bonjour, je m'appelle Cécile et j'ai commencé avec la came à dix-huit ans.

— Bonjour, Cécile.

— Ma mère est morte quand j'étais gosse, je m'en souviens très peu. C'est mon père et ma grand-mère qui m'ont élevée. À quatorze ans, je marchais normalement à l'école mais mon père était un musicien de jazz et il avait du mal à trouver du boulot, il partait souvent pour des petits cachets en province.

— Moi, je jouais de la clarinette, intervient la jeune femme brune. Non, c'est pas vrai, je déconne. Continue, Cécile.

— Merci. Un beau jour ma grand-mère me dit que mon père est mort en Espagne et qu'il a fallu l'enterrer sur place. On ne l'avait pas vu depuis dix jours. J'ai pris ça assez mal, mais quoi faire ? J'étais une ado de banlieue pas maligne et je suis restée vivre avec ma grand-mère. Au fur et à mesure, mon père me manquait et j'ai plongé dans la came avec des copains de lycée. D'abord la coke puis l'héroïne. J'étais obligée de bosser en plus de l'école pour me payer mes doses. J'ai fait les marchés, les gardes d'enfants, du strip-tease en banlieue dans des boîtes de merde. Voici trois ans, j'ai même glissé dans le tapin pour mon gramme quotidien. Là, j'ai décidé de réagir et, avec l'aide d'une amie infirmière, je suis redescendue. Depuis six mois, je suis clean et j'ai compris que la mort de mon vieux m'a cassée. Seulement, il est pas mort. Ma grand-mère m'a dit la vérité avant de mourir en septembre : il est sans-abri depuis dix ans et zone à Paris. La famille a décidé que c'était mieux pour moi qu'il disparaisse de ma vie.

— Bande d'enculés, gronde une voix anonyme.

— J'ai un boulot qui me permet de contacter les SDF la nuit dans Paris. J'essaie de reprendre l'histoire de ma vie là où elle s'est arrêtée. Je viens à ces réunions pour éviter de replonger dans la drogue, ça m'aide de vous voir. Merci de m'avoir écoutée.

— Merci à toi, Cécile.

— On va boire un café, propose la rousse à la cantonade.

Nous nous levons en silence, il est sept heures. La nuit mange le décor, les premiers travailleurs se glissent dans les

27

rues, le kiosque à journaux éclabousse de lumière la place des cracheurs de feu. Papa, papa, salaud, pourquoi tu ne m'attends pas à la porte de l'église ?

4

Bird laisse derrière lui la ligne 14 qui vient de l'accueillir durant quatre allers-retours. Cette ligne récente et sans chauffeur est une bénédiction pour les sans-abri qui apprécient les sièges propres, la température constante et la Bibliothèque Mitterrand. Il traverse à pas lents le sous-sol des Halles et confie à Bernard, un jeune sourd-muet branché sur Archie Shepp, le sax de Théo. En fait, le seul à ne pas utiliser l'instrument, c'est Théo, justement. Puis il remonte par les escalators Lescot. Malgré la fraîcheur de la température, une centaine de personnes discutent à la sortie. Trois poivrots beuglent *Guantanamera* et deux dealers font leur journée en glissant furtivement des sachets à leurs clients. Bird boucle sa vieille parka russe et traverse la placette pour gagner le boulevard Sébastopol.

Le Duc des Lombards est un peu plus haut sur le boulevard. Il déchiffre le programme de la soirée qui propose Pierrick Pédron, saxophoniste alto marqué par Cannonball Adderley. Bird pêche sa vieille montre au fond de sa poche et sait qu'il a une bonne heure d'attente avant le début du set. Il fait demi-tour et, hâtant le pas, gagne la soupe Saint-Eustache. Cinq minutes plus tard une jeune fille de bonne famille lui tend une assiette remplie d'une soupe poireaux-pommes de terre.

Enfin, rassasié, il retrouve sous une marquise de la rue Montmartre deux copains rencontrés au centre de la Mie de Pain. Un vin rouge de cauchemar circule vivement entre eux pendant que le plus jeune court chercher des cafés à Saint-Eustache. Puis Bird salue ses amis et gagne le club de jazz. Masqué par les tentures, il se laisse glisser sur le bitume et colle son oreille au soupirail. La formation se fait la main sur *The Time we Need*. La lueur des feux arrière des automobiles clignote sur ses verres de lunettes. De sa main droite reposant près de sa cuisse, il compose dans l'espace les notes déversées à l'intérieur par Pédron. Puis le musicien décolle sur *Deep in a Dream* et le son du Selmer charrie un fret nostalgique en direction du SDF. La nuit s'épaissit, la musique brouille les sens, le froid solidifie les gestes. Bird ferme les yeux, envoûté. Les vers d'un poème de John Oakley caracolent dans sa tête :

> *Oh comme elle souffle*
> *la tempête des sax*
> *et*
> *font*
> *tchica tchica*
> *et*
> *aussi*
> *bling bling*

atoum atoum
la voix étranglée
des banjos
distant voices
mais le Mississippi
est en
larmes
ils attendent l'oiseau
qui marche
dans le blé secoué
par
le
vent
drum drum
oh baby bird
tout ce temps
à
t'attendre
la clé
de sol en
transe
et les
septièmes
déroutent
certains
disent
amour en douce
gripa gripa
bugly bugly bugly

avec tous
leurs
yeux
au
bord
des wagons
à
bestiaux
mais toi
tu dis
lover
lover man
voilà
c'est bien ça
papa
ah oui

Les cinq ados sont tassés dans le Range Rover du père de Richard qui conduit l'engin. Ecstasy de luxe, bourbon irlandais et branlettes mentales. Le périph les aspire dans un fluide souillé. Le plus jeune, un rouquin maussade, intervient.

— Richard, tu peux t'arrêter, j'ai envie de pisser.

— C'est la zone, ici.

— Le périph, c'est toujours la zone.

Richard prend sur les jantes la première sortie peu avant Bagnolet. Il remonte une ruelle cabossée parallèle au boulevard circulaire et stoppe l'engin en bordure d'un terrain vague. La tente de Théo et Marie est à cinquante mètres.

Le couple se déchire présentement au sujet des mérites comparés des pitbulls et des rottweillers et la canette brandie par Marie s'écrase contre le frigo. Le pisseur et ses amis relèvent la tête vers le terre-plein, la tente et le meuble froid caressés par une ampoule chancelante. Les deux sans-abri n'en sont pas à leur premier verre et leurs invectives flirtent avec les octaves. Richard rassemble ses troupes.

— On se les fait ?

— Celui de la semaine dernière était seul, là ils sont deux, proteste Guillaume, un gosse de seize ans aux cheveux longs.

— Oui mais beurrés comme des coings. Allez, on sort les battes.

Les cinq ados se penchent sur le coffre et en extraient quatre battes de base-ball siglées New York Giants. Richard se tourne vers Guillaume.

— Tu as ton portable ?

— Sûr.

— Super. Tu nous fais un *war movie* pour mon site.

— D'accord.

Il ne le dit pas mais il est passablement soulagé. Et le groupe progresse en sautillant vers la tente des clochards. Ceux-ci ne voient rien arriver quand la première batte plie Théo en deux. Les insultes pleuvent.

— Déchets humains !

— Sous-hommes !

— Crevez, raclures.

Déchaînés par les amphèts, les adolescents frappent à tour de bras l'homme et la femme qui beugle «le chien, le chien», mais celui-ci n'est pas un rottweiller, justement.

Choc mat des coups.

Sanglots étouffés.

Le sang fuse dans le brouillard.

Une odeur de ménagerie s'installe.

L'abattoir rugit.

Théo, d'un coup de pied, fait basculer le frigo sur le rouquin maussade qui se prend à hurler en tirant la patte. Cette résistance excite les autres qui redoublent de coups en soufflant.

Guillaume, portable en roue libre, ne rate rien de l'équarrissage. Au fil du temps, les assaillants s'épuisent et Marie, affalée pour moitié dans la tente, ne bouge plus.

Bird monte sur le terre-plein, la musique de Pédron dans la tête et les doigts glacés. En un clin d'œil, il comprend la situation et, d'un coup de poing brutal sur la tête, abat l'un des ados. Encouragé, Théo se redresse et fauche le corps le plus proche. Le combat commence à s'équilibrer. Richard, dérouté, crie à la cantonade.

— On dégage.

Et, sans attendre, il file vers le Range Rover. Guillaume, pris au dépourvu, saute maladroitement au-dessus des sacs et vieilleries amassés par le couple des années durant mais un vieux poêle lui est fatal. Il s'écroule sur la terre grasse et, dans l'affolement, abandonne son Nokia. Puis l'ado, d'un coup de reins, échappe au piège et regagne le quatre-quatre.

Théo, à moitié groggy, tombe dans les bras de son ami.

— Putains de gosses.

— Société de merde. Et Marie ?

Les deux hommes se tournent vers la compagne de Théo qui n'a pas bougé. Bird se penche sur elle.

— Merde, j'ai l'impression…

— Quoi ? souffle son ami.

Bird tire Marie hors de la tente avec délicatesse. Il colle l'oreille à sa poitrine et se redresse, effaré.

— Elle est morte.

Théo, dégrisé, tombe brutalement sur les genoux. Il saisit la main de sa compagne et pleurniche stupidement. Les deux hommes se figent dans la brume.

— Ils ont réclamé quelque chose ? s'informe Bird.

— Non, rien. Je les ai pas vus arriver, ils nous sont tombés dessus avec leurs battes. Tu vas pas me croire mais je connais même pas le nom complet de Marie. Ils étaient jeunes, tu as remarqué ?

— Fumiers.

— Je suis pas chaud pour les flics.

— Moi non plus. Ramasse tout ce qui peut te servir, tes papiers perso et on file. Ces mômes sont bourrés de fric, tu as vu la bagnole ?

— Un quatre-quatre.

— Juste. On ne les connaît pas et toi tu n'existes pas pour la société.

Cela dit, Bird laisse Théo ramasser ses pauvres affaires et commence à fureter autour de la tente. L'éclat métallique du portable lui tire l'œil. Il se baisse dans la boue et ramasse l'objet qu'il referme et contemple, intrigué. Puis le glisse dans sa poche.

Maintenant ils dévalent le talus et descendent jusqu'à Bagnolet. Les rues sont désertes à cette heure. Pris de remords, Bird ressort le téléphone de sa poche et compose maladroitement le numéro d'urgence des flics. Une femme vient en ligne.

— J'ai pas beaucoup de temps, je suis dans ma voiture. Je viens d'assister au matraquage d'une femme au bord de l'autoroute par une bande de jeunes en quatre-quatre noir. Elle était à côté d'une petite tente rouge.

— À quel endroit ?

Bird décrit pour la femme-flic l'environnement et raccroche aussitôt.

— Elle est obligée de s'en occuper. Paraît que tous leurs appels sont enregistrés. Vous étiez ensemble depuis combien ?

— Trois ans. J'ai du mal à réaliser que Marie est morte. Tu as vu le chien ?

— C'était pas un tueur, il aura filé. On remonte vers Châtelet ?

Théo approuve du menton et comme ils rentrent dans Paris une camionnette du Samu social freine à leurs côtés. Deux jeunes gens descendent du véhicule et, voyant leurs vêtements tachés de sang, demandent :

— Vous vous êtes battus ?

— Avec d'autres. Vous auriez du café ? dit Théo.

— Pas de problème et Georges va vous soigner. On dépose des gens à Yves-Garrel ; vous voulez y terminer la nuit ?

— C'est pas de refus, dit Bird.

C'est en quittant le Range Rover de Richard que Guillaume tâte ses poches et constate la disparition du téléphone portable.

Bird, de son côté, quitte le centre Yves-Garrel à dix heures. Il serre contre lui son sac à dos car Théo quitte la ville pour rejoindre son frère, paumé dans une bergerie en basse Lozère. Très peu pour lui. Il gagne en métro le Forum et la placette investie par les aveugles, repère de suite Bernard et prend des nouvelles du sax car le jeune homme possède une cache inviolable dans un sous-sol du RER. Puis il s'installe un moment devant le Relay dévolu à la presse et passe au laser les journaux du matin qui ne font aucune allusion à Marie. Du coup, il propose un café à Bernard et les deux hommes s'attablent dans un rade anonyme de la rue Étienne-Marcel.

En début d'après-midi, le musicien se cale à l'entrée de la poste du Louvre et, à l'abri du vent, compose au flan une série de numéros sur le portable du gosse. À chaque réponse au bout du fil, Bird hulule : « Crève, salope. » Ça lui fait du bien.

À seize heures, il retourne au Forum et se plante devant l'éventaire de quotidiens. En dernière page, *Le Monde* a consacré dix lignes au fait divers. Aucun suspect, bien sûr, mais Marie est bien morte, rouée de coups. La police est sur une piste indiquée par un témoin inconnu. Une vieille carte d'identité a révélé le nom complet de la victime : Marie Astoul.

Et Bird gagne la ligne 3 en traînant les pieds. Il n'en saura pas plus aujourd'hui concernant son amie. Au moment où

il pénètre sur le quai en direction de Gallieni une idée sau-
grenue se plante dans sa tête : pourquoi Django Reinhardt
n'a-t-il jamais enregistré avec Duke Ellington ? Grappelli,
d'accord, mais le Duke, quand même !

Il fait volte-face, sort de la gare et gagne rapidement le
Centre Beaubourg. Une queue de moyenne importance
s'étire sur le trottoir en attente de places libres à la bibliothèque. Il s'installe au bout de la file et patiente placide-
ment. Vingt minutes plus tard, il pénètre dans les locaux,
pose son sac à dos contre une table et se met en quête d'un
livre consacré au guitariste. L'ayant trouvé, il plonge sur la
référence «Duke Ellington» et se prend à lire la narration
du fiasco Carnegie Hall. Quand à la fin d'une tournée
américaine Django et Ellington doivent donner un concert
en point d'orgue. Mais ce soir-là Django rencontre Marcel
Cerdan à Manhattan et les deux hommes tirent une bordée,
de bar en bar. Le musicien décide d'oublier le concert pour
vivre ces retrouvailles. En fin de soirée, il dégrise et rejoint
le Duke un peu tard sous les lazzis du public mélomane
américain. À la fin du livre, Bird note que Django et Duke
Ellington ont quand même enregistré ensemble quelques
morceaux dont *Honeysuckle Rose* au Civic Opera House de
Chicago, le 10 novembre 1946. Un enregistrement pour la
radio, probablement.

Puis Bird musarde entre les bibliothèques et récupère sur
une table un petit livre d'un certain Martinet qui l'occupe un
moment. Il sort crayon et papier de sa poche et recopie des
extraits qui l'aideront à vivre :

«Le zinc était son pays. Sa carte du Tendre. Il n'engageait

jamais la conversation avec ses compagnons de route. D'ail-leurs, tous les buveurs de bière sont des solitaires. Il y a en eux du siamois somnolent, de l'enfant boudeur, du roi en exil. »

« Discutons avec les saloperies sous la table, dans la sciure, la pisse de chien, vers les six heures, quand le désespoir laisse une étrange acidité dans la bouche. »

Enfin, Bird ramasse son sac à dos et gagne la ligne 3. Quand le train stoppe dans la station, il a presque oublié Marie. Django l'accapare et, putain oui, il a vraiment envie d'une bière.

5

Robert Latour et Fabien Stockman se font face. Latour est installé derrière son bureau et Stockman, qui gère sa campagne de candidat à la mairie du Xe, se tient sur un canapé, des feuillets imprimés sur le siège autour de lui. L'homme politique porte un costume bleu marine en toute circonstance mais Stockman œuvre en jeans et pull Marlboro en V.

— Pourquoi je ne devrais pas parler des gens de peu ?

— On dit les pauvres, Robert. Tu ne les connais pas. Regarde où nous sommes : au premier étage d'un hôtel particulier de la rue du Château-d'Eau. C'est du luxe à peine bobo. Non, si tu débarques dans une réunion publique en faisant copain-copain avec les mecs qui triment, tu te fais déglinguer. Parle des grands enjeux de la mairie, de l'arrondissement, du concret. Je vais te préparer un dossier sur l'aménagement de la rue des Petites-Écuries.

— J'aimerais dire quelques mots sur les différentes communautés. Dire qu'ici, à Paris, c'est pas le bordel comme

40

dans leurs pays de merde qui se font la guerre en permanence. France, terre d'asile.

— Ils sont attachés à leurs bleds. Fais gaffe.

À la porte du bureau de Robert Latour, Cathy, son épouse, pousse devant elle leur fils Guillaume qui n'en mène pas large. Robert s'insurge.

— Cathy, on est en plein boulot.

— Je sais, mais on a un problème avec Guillaume.

L'homme politique s'interrompt en soupirant. Il se sert un petit whisky.

— Allez-y, Fabien peut tout entendre. D'ailleurs, il doit tout entendre.

Guillaume sort ses mains de ses poches et redresse la tête.

— L'autre soir avec Richard et mes copains du lycée, on est partis faire la bringue…

— C'est quoi la bringue, à ton âge, Guillaume ? demande Stockman.

— Heu…

— Réponds, Guillaume, dit son père.

— On fume un peu et il y a de l'alcool.

— Bon, où est le problème ?

— J'ai perdu mon portable dans une bagarre.

— Quel genre de bagarre ? demande Stockman.

Mais le gosse n'y arrive pas. Son visage s'est empourpré et il contemple ses pieds avec avidité. Du coup, c'est sa mère qui s'y colle.

— La femme SDF dont on parle dans le journal, c'est eux qui l'ont tuée…

— Pas moi, j'ai juste filmé la scène !

— Avec quoi tu l'as filmée, bordel de merde ?

— Avec le portable.

Maintenant, plus personne ne parle. Il faut bien admettre que Guillaume est plutôt décevant pour un fils d'homme politique. C'est du moins ce que pense son père. Mais il le formule différemment.

— Enfoiré de ta race de merde. Si le mec qui a le portable porte ça aux journaux, je suis perdu.

— Mais, Robert, il ne l'a pas tuée, quand même.

— Tais-toi, abrutie. Fabien, on fait quoi ?

— Guillaume, tu dois tout nous raconter. Tous les détails, les lieux, tout ça. On doit retrouver ce portable, nous sommes en pleine campagne et, comme le dit ton père, ça peut nous tuer. D'autre part, tu es complice d'un assassinat, ça fait un nombre impressionnant d'années de prison.

Cathy pleure en silence, une occupation comme une autre. Latour a posé son visage entre ses mains et pense à sa mère, une crémière qui survit à Vendôme. Guillaume se demande prosaïquement si les jeunes se font enculer en prison. Une brise de défaite souffle sur le siège du député Robert Latour. Stockman se tourne vers lui.

— Je vais appeler Steiner, c'est dans ses cordes.

6

Je me souviens de toi, papa, quand on allait à Larmor au mois de juillet. Tu louais un vieux vélo avec un porte-bagages et tu me baladais sur les petites grimpettes bretonnes. Comme je criais dans les virages, tu t'en souviens, papa ? Après, nous retrouvions mémé qui se dorait sur le sable, mais on n'aimait pas trop la flotte, tu préférais courir sur la plage en poussant mon petit ballon. Le soir, tu partais pour Concarneau écouter un trio de vieux mecs envapés, branchés sur Lester Young.

Un soir, j'en avais tellement marre que tu partes sans moi, je t'ai suivi en cachette et j'ai pris une citronnade dans la gargote. Un Breton t'a laissé son saxophone et je t'ai vu dans la pénombre du club, t'étais mon héros de la nuit.

Le soir de mes douze ans, tu es passé sous une voiture dans ma banlieue pourrie. On est arrivées à l'hôpital et je t'ai vu, presque mort, au milieu des tuyaux. Là, j'ai pensé que tu ne reviendrais plus, que c'en était fini de ma vie et que je voulais mourir moi aussi, papa, pour revenir vers toi, avec tes lunettes à la Goebbels et ton petit sourire franchement Wehrmacht.

Voilà, voilà, j'ai marché derrière toi pendant toutes ces années comme un petit chien qui attend son os et je guettais tes sentences sur mes copains de classe. Tu disais : «Ils sont affligeants, ma pauvre Cécile.» Et moi, fallait voir comme je les envoyais bouler. T'étais mon oracle jusqu'au jour de merde où t'as commencé à traîner dans les dancings de province pour régaler les fêtes bancaires, les retrouvailles d'anciens élèves, les foires commerciales et aussi les festivals de rumba. Tu rentrais à l'aube et tu t'accrochais à ton enveloppe et au chèque qui nous aiderait à vivre comme avant. Mais tu ne disais rien, papa, tu n'as jamais pleuré sur ta glissade interminable vers la rue et tes adieux à la civilisation.

Le matin tu partais pour chercher du travail mais je savais bien que, le boulot et toi, c'était plus le grand amour. Tu débarquais parfois au petit jour après tes bringues à la bière en compagnie des amiraux qui règnent sur les bars et les cinémas porno. T'étais plus vraiment là et mémé a repris son boulot chez Publicis. Puis un jour, elle m'a dit tout à trac que t'étais mort à Barcelone. Un infarctus. Comme tu avais perdu tes papiers, ils t'avaient collé dans une fosse commune. Je te voyais déjà grouillant de vermine dans la terre espagnole. Mon Dieu, comme je t'ai haï d'être mort. T'étais plus là avec tes doigts de mandoline et tes yeux de clandestin entre Tanger et Gibraltar. Papa, papa, tu marches dans le noir et moi j'arrive pleine de pleurs…

— Oh, Cécile, tu dors ou quoi ?
— Hein ?

— Descends voir Bouboule, il a encore peur d'une invasion de martiens.

J'ai dû m'endormir. Bouboule est un sans-abri historique et nous le ramassons deux soirs par semaine pour Montrouge. Il se fait une nuit au chaud, prend une douche et j'essaie de lui expliquer que les martiens ne sont pas encore arrivés. Je ne suis pas sûre que la psychiatrie pourrait l'aider. Il me regarde comme un bon chien et je lui tends une tasse de café. Il a cinquante-six ans et porte deux manteaux superposés.

— Ils étaient comment les martiens, ce soir ?

— Tu veux que je dise verts, eh bien, non. On ne s'est pas suffisamment penchés sur la nation martienne. J'ai découvert des hommes peu cultivés avec une peau sombre et des croyances complètement dingues. Par exemple, ils adorent les souris.

— Les blanches ou les grises ?

— Cécile, je t'aime. Tu accepterais d'épouser un vieux mec qui sent mauvais ?

— C'est pas un problème d'odeur, c'est plutôt l'idée du mariage qui me branche pas trop.

— Tu devrais essayer.

Puis Mister Bob l'installe à l'arrière et je me case sur le siège passager. Je glisse dans le lecteur de CD le disque favori de mon père : *A Love Supreme* par John Coltrane. Nous laissons Bastille derrière nous et, en arrivant derrière Beaubourg, je cherche des yeux Sonia qui d'habitude dort sur une bouche devant la piscine.

— Bob, tu nous arrêtes, je ne vois pas Sonia.

Je descends avec Sophie, l'infirmière, et nous partons en quête des hardes de Sonia qui sont tassées dans la pénombre. Ma collègue allume une torche puis éclaire le sol. Des traces de sang frais sont répandues sur le bitume. Je me précipite autour du gymnase en béton mais elle n'est plus là. Sophie, affolée, secoue un chevelu sans âge, roulé en boule à quelques mètres.

— Excusez-nous, mais on ne voit pas Sonia et il y a des traces de sang sur le sol.

— Elle est partie avec le Samu.

— C'est nous, le Samu.

— Les toubibs. Y a eu de la bagarre et un mec a téléphoné avec un portable.

Je me casse en deux et approche mon visage de l'homme fatigué.

— Pourquoi une bagarre ?

— Elle avait une bouteille de whisky toute neuve et deux types de Rambuteau lui ont foutu sur la gueule pour lui piquer.

Je me redresse, laminée. Moi qui ai plongé dans la came, je suis mal placée pour critiquer ceux qui boivent. Et qui n'ont que ça dans la vie. On se regarde un moment avec Sophie et c'est moi qui prends la décision.

— Allez, on ramasse ses fringues et j'appelle le régulateur. Elle doit être à l'Hôtel-Dieu.

Il est deux heures du matin et c'est l'heure de la pause. Je balaie du regard les environs, mais papa n'est pas ici. Je te retrouverai. Bird ou pas Bird.

7

Je plaque Vanessa contre le mur et m'enfonce dans son sexe en hurlant des saloperies au ciel de faïence. Elle habite un ancien hammam restructuré en studios. Je lui demande encore combien de mecs l'ont baisée dans la journée et elle continue à me prendre la tête.

— Attends, y avait le flic des stups, le blond du kiosque et une vieille gouine avec du matériel. J'ai adoré sa casquette SS.

Putain, merde, je la balance sur le lit et lui cogne la tête avec mon holster, puis je vois son cul, son merveilleux cul qui grimace au monde entier, mais il est à moi, il est à moi. Je rampe dans ce marigot, cette vase et je crie ma haine.

Bref, une heure plus tard, je me réveille, à poil sur le lit, et Vanessa se tient debout contre le chambranle de la porte.

— Alors, Steiner, on fait quoi pour le fric ? dit-elle.

— Tu me le donnes comme d'hab'. Quand on baise, ça te donne pas droit à une ristourne. Amène la thune.

— J'ai lâché une petite somme à Léo pour deux képas.

Je suis déjà sur elle et lui colle une série d'allers-retours dans la tronche. Elle ira pas aux Bains ce soir. Puis je vide son cabas pourri et le paquet du fric des passes dégringole sur le lit.

— Laisse-moi de quoi bouffer, enfoiré.

— Le minimum. Tu mets de la thune à gauche et après tu pleurniches pour acheter du pain Poilâne. Me prends pas pour un con, Vanessa, tu ferais une grave erreur. Tu préfères un mac branleur qui va s'asseoir dans le bistrot d'en face pour comptabiliser toutes tes passes ? Avec moi, t'es dans le créneau trente-cinq heures. Socialement, je suis au top. Passe-moi mes santiags.

Et voilà. Je plonge dans la Passat, m'arrache au square Carpeaux et me gare dans une ruelle en remontant vers la place de Clichy. Je sors la came des deux dealers serrés hier soir à Bagnolet et me confectionne trois lignes de coke. C'est de la bonne. Et j'enquille Clichy, le boulevard de Rochechouart et la place Blanche. Je prends la rue Blanche sur les jantes et pile devant l'église allemande. La fin des vêpres. Je débarque au fond de l'édifice et me prosterne devant mon maître. Et je lui murmure tous mes péchés, mes pourritures, c'est lui le responsable, ce fils de pute. Et délivrez-nous du mal, c'est ça, mec, et ne nous laissez pas succomber à la tentation. Mon Dieu, allège-moi, je suis trop faible pour me battre contre ça.

Les derniers fidèles beuglent un Ave Maria des familles et j'en profite pour me glisser dans la sacristie qui abrite sœur Greta. Elle lit la sainte Bible près de la fenêtre. Il faut faire vite, Dieu nous mate en mastiquant son hamburger.

— Greta, c'est moi.

— Pitié, prenez pitié.

Elle se laisse choir sur les genoux et tend ses mains vers moi. Les Allemandes sont très démonstratives.

— Pense à ton frère, Greta. Je suis assis sur le dossier qui dit clairement qu'il a buté un Arabe à Meudon.

Elle bredouille une prière incompréhensible dans sa langue gutturale, mais mon biper a déjà sonné deux fois, j'ai pas que ça à faire.

— Seigneur, moi mauvais chien, dit-elle.

— Allez, Greta, on passe dans l'antichambre. Tu crois que ça m'amuse, hein, tu penses que j'ai pas honte de moi pendant que l'idiot du village ricane sur sa croix. Alors, grouille-toi, Greta, qu'on en finisse.

Je la pousse vivement dans la pièce qui mène aux appartements du curé, présentement occupé avec les vêpres.

— Soulève ta soutane et tourne-toi.

Elle s'exécute en pleurnichant. D'un coup de canif, je tranche son slip de mémé. Ses fesses allemandes, charnues, se dorent sous la lumière d'hiver. Sacrées. Les fesses énormes de Greta sont sacrées. Oh, Dieu, je suis ta créature. Puis je saisis ma ceinture et flagelle cette chair rétive. Elle pousse de petits cris étouffés qui rappellent ceux d'un chat de mon enfance. Salope.

Cinq minutes plus tard, je suis dehors. Joël au portable.

— Oui, Joël.

— Un Turc grillé au chalumeau. Tu prends ?

— Où ça ?

— Rue du Caire.

— Attends, j'ai un double appel. Oui, lieutenant Steiner.

— Fabien Stockman. J'ai un job pour vous, mais ça urge.

— Toujours dans le Xe, Stockman ?

— Justement, j'y suis, vous pourriez passer ?

— Je réponds au commissariat et je vous reprends. Bon, Joël, j'ai un truc sur le feu, refile ça à Lorette.

— Tu fais chier, Steiner, t'es jamais libre. On est au service du public, quand même.

— C'est ça, rêve. J'ai sniffé la came serrée hier soir : trop fort.

— Dix grammes et je refile le macchab à Lorette.

— Vendu.

Quinze minutes plus tard, je suis rue du Château-d'Eau. Stockman répond au premier coup de sonnette.

— Merci d'avoir fait vite, Steiner.

— Pas de problème.

— Je vais chercher monsieur le député.

Pendant qu'il disparaît dans un couloir, je contemple ma merveilleuse virilité dans un miroir ovale. Trente-six ans, quatre-vingts kilos, une carte bleu-blanc-rouge en rab. Une brute. Ils me font attendre, ça va leur coûter, mais revoilà babystock avec le patron, Robert Latour, le genre qui perd ses tifs.

Deux whiskies de Clermont-Ferrand plus tard, Stockman en a terminé avec le roman gore de la famille Latour.

— Ah, les gosses, c'est pas facile, je dis.

— Vous fichez pas de moi, Steiner, intervient le député.

Je suis dans la merde, les élections sont dans trois semaines et ce portable entre de mauvaises mains peut m'anéantir.

— O.K., O.K., je dois parler au gamin. Ensuite, ça peut prendre un moment, les SDF ne sont pas très causants avec des gens comme nous. Je vais devoir graisser quelques pattes pour décrocher des renseignements. D'autre part, quand je suis près du but, je fais quoi ?

— Vous rapportez le téléphone, bien sûr.

— Et ceux qui le détiennent, ceux qui seront au courant de ma recherche ?

Maintenant, ils se dévisagent dans le blanc des yeux, ça remue un max dans leurs petits cerveaux. J'allume un joint sous l'œil impérial de Latour.

— Alors ?

— Combien, Steiner ?

— Pour tout effacer ?

— C'est ça.

— Soixante-quinze mille.

— Enculé.

Ils sont donc d'accord.

Lendemain matin, sept heures.

J'ai revêtu quelques vieilles fringues pour pas choquer. Un groupe de SDF fait du camping au bord du périphérique. Ça dort pendant que les gens honnêtes sont déjà sur la route. Ils ont les incontournables clébards au poil pelé. Si je me fais mordre, je plante, y a des limites. Nous sommes à cent mètres de l'endroit où la femme a été butée. Je passe la tête par l'ouverture d'une Lafuma sans style.

— Je paye un café, les mecs.

Trois minutes plus tard, un jeune type de vingt-cinq ans débarque en se frottant les yeux.

— Vous êtes qui ?

— Je cherche les gens qui habitaient avec la femme qui a été tuée. Une histoire d'héritage. Tu viens boire un jus ?

— D'accord. Papa, on nous paye un café.

Là-dessus, un homme âgé et très chauve se présente et nous accompagne en grognant vers la porte de Bagnolet. Chemin faisant, je me rends compte que le jeune et son père sont de l'Est. Mais le gamin parle un français presque pur. Le père rugit parfois dans une langue inconnue qui doit être roumaine.

On se cale au fond d'un café en ruines et je sors mes clopes en les distribuant à la ronde. Le rade pue la mort et l'eau de Javel.

— Vous les connaissiez ?

— Un peu. Un homme et une femme, c'est elle qui est morte. Attaquée par une bande de jeunes.

— Lui s'en est tiré ?

— Leur copain est arrivé et les deux hommes ont fait fuir les gamins. On a vu ça de loin.

— Ils sont toujours dans le coin, les deux mecs ?

— Théo est parti en province, il avait peur. Son pote est encore à Paris, je pense.

— Il est comment, ce type ?

Maintenant, il me regarde par en dessous pendant que son vieux déblatère dans leur langue de merde.

— Je veux bien aider mais j'ai besoin d'argent.

— Cinquante euros.

— Cent.

Je sors le fric sur la table et le pousse vers lui. D'un coup de patte, le père fait disparaître le paquet.

— Il est grand, blond, avec des petites lunettes en fer.

— Tu connais son nom ?

— Théo l'appelait Bird.

Pendant une heure je zone autour de l'espace-tente des SDF agressés. Je retourne toutes leurs vieilles saloperies, ratisse la gadoue. On ne sait jamais, personne n'a dit que le téléphone avait été récupéré. Mais rien. La brume se lève peu à peu et je me prends en pleine poire les cinglés du périph, les émanations d'essence, les reprises, les changements de vitesse. Un vieux cador traîne dans le magma alentour mais c'est pas le genre hargneux. Je récupère ma caisse à la porte de Bagnolet et, brusquement, l'envie de châtier Greta me revient.

À gauche, gauche. Je récupère Clignancourt puis Barbès, le boulevard de Rochechouart et la rue Blanche. En descendant de voiture quelque chose me claque dans la tête. Je percute sur l'église et manque buter contre un gamin à l'œil terrorisé qui part en courant. Je pousse le portail, tout est silencieux. Comme je me rapproche de la sacristie, le jeune cureton apparaît, égaré.

— Excusez-moi, je passais voir sœur Greta, je suis un ami de son frère, dis-je.

— Oui, oui, je vous reconnais. Vous arrivez à un bien mauvais moment.

— Des soucis ?

— Suivez-moi.

Il fait volte-face dans sa soutane Armani, traverse la sacristie et pousse la porte de l'antichambre. Sœur Greta est au milieu du local, proprement pendue à l'aide d'une corde à linge passée autour d'une poutre. Le curé émet un petit hoquet choqué. Merde, Greta, ça craint un max.

— Il faut la décrocher, dis-je.

— Vous croyez ? Comment fait-on ?

Je tire à moi une chaise et l'indique au croyant.

— Montez là-dessus, desserrez le nœud et libérez-la. Moi, je la soulève.

Il grimpe en tremblotant sur la chaise pendant que je prends Greta par les cuisses. Puis je retiens le corps qui se relâche, libéré de la tension. J'ai le nez dans le cul de la nonne. Oh Dieu, ses merveilleuses fesses vont me quitter. J'enfonce mon visage dans les chairs molles et, en hurlant des mots sans suite, éclate en sanglots. Dieu, ce fumier, me prend mon jouet. Et je reste comme ça une éternité, respirant la volupté interdite. Le curé me tapote le bras. Je redresse ma tête pleine de pleurs et de frustration.

— Quoi ?

— Restez fort, mon fils, Il est avec nous, même dans les pires moments.

— Dis-lui de me rendre le cul de Greta, puisqu'il est si sympa.

Là-dessus, je pose la religieuse à terre et, sans demander mon reste, regagne la Passat.

Mon réveil bourdonne. Un jour nouveau sur la terre. Je me prends deux Dexédrine, trois cafés et j'arrache deux lignes de coke à mon miroir de poche. Et un coup de fil au commissariat pour qu'on vienne pas me gonfler : j'ai du taf.

Complètement allumé, je me paye un tour complet de périph, histoire d'évacuer les mauvais rêves de la nuit. Puis cap sur la place de la République. Sur le terre-plein central, trois tentes perdurent dans le froid vif. Un type de quarante ans au bord du suicide arbore un blouson Nike et donne à manger à son clebs efflanqué.

— Tu veux gagner vingt euros ?

— Faut buter quelqu'un ?

— Même pas. Je cherche un homme sans-abri.

— Vous savez quoi ?

— Son nom : il s'appelle Bird.

— J'vois pas. Attendez un moment.

Il disparaît dans l'une des tentes et revient en tirant une fille maigre à faire peur. Elle aussi porte un blouson Nike ; ils doivent avoir des réductions.

— Demandez-lui, dit-il.

— Un homme qui s'appelle Bird, blond avec des lunettes en métal.

Elle fait pfuittt avec la bouche et se rendort debout.

— Moi, je connais ce Bird.

La voix appartient à un homme âgé qui se tient dans mon dos. Il ne porte pas de blouson Nike et son visage est ridé comme celui d'un lézard.

— Je le cherche pour une histoire d'héritage. Un notaire le réclame.

— Vous me prenez pour un con mais si vous avez de la thune, je m'en fous. Dans la rue, c'est chacun pour soi.

Je m'éloigne du couple Nike et me plante devant le pépé. Une odeur de ménagerie flotte sur les lieux colonisés par une fratrie canine d'une fraîcheur relative.

— Vous le connaissez personnellement ?

— Si on veut. Je le croise de temps à autre dans des centres, sur des bouches.

— Des bouches ?

— La nuit, il dort souvent sur des bouches de chaleur. Vous êtes pas d'ici, vous.

— Non. Si vous pouvez me le montrer, j'ai cent euros pour vous.

— Deux cents. Dont cent tout de suite.

— Admettons. Comment on fait ?

Il ouvre son blouson et saisit *Le Parisien* du jour. Puis il cherche une page et me la brandit sous le nez.

— La famille de Marie Astoul la fait cramer au Père-Lachaise, c'est marqué en bas. On s'y retrouve et je vous montre Bird.

— Vous êtes sûr qu'il y sera ?

— Je pense. S'il ne vient pas, je chercherai dans les environs et vous me donnerez les cent derniers euros à la fin. S'il est là, je veux le solde de suite.

— Dix heures au crématorium.

Disant cela, je lui tends son fric. Quelque chose me dit qu'il viendra, c'est con, il a l'air sympa.

Puis je mets le cap sur la Passat et vais récupérer Vanessa qui traîne sur le boulevard. Dans l'escalier, je glisse ma main sous sa jupe, je ferme les yeux et c'est la chair de Greta qui vient briller dans ma nuit. Puis j'arrache le string de l'autre salope et je m'engouffre entre ses cuisses pendant qu'elle susurre : «Lèche, le chien, lèche.»

8

Bird patine dans sa poche la page du *Parisien* qui indique le lieu et l'heure de la crémation de Marie. Il confie ses deux sacs à dos à un chauve hâbleur qui manage le squat situé dans les sous-sols de La Pitié-Salpêtrière et gagne en métro l'entrée du Père-Lachaise. Le crématorium est lourdement posé dans l'espace triste et froid. L'hiver est bien là. Néanmoins, des dos courbés franchissent la porte du bâtiment et Bird se faufile à l'intérieur. L'article du quotidien a eu l'effet escompté : c'est bondé. Bird reconnaît quelques visages qui lui rappellent des nuits sans dormir, des bouches de chaleur défendues au couteau et des retours à Montrouge dans le camion du Samu déchirant la brume électrique.

Il s'assied dans un coin, recherchant l'anonymat. Un groupe de gens responsables, vêtus sobrement de costumes noirs, se tient dans la petite pièce où repose le cercueil que l'on fera glisser plus tard dans le four.

L'heure est à la nostalgie et un vieil homme aligne quelques mots concernant une femme nommée Marie qui n'a rien à voir avec celle que Bird a connue. Maintenant, une sono déficiente aligne les morceaux préférés de la défunte et là, ça devient très dur pour Bird : *Tombe la neige* par Adamo, *Chez Laurette* de Michel Delpech et *Petite Marie* par Francis Cabrel. L'assistance, atterrée, baisse la tête. On peut aimer la chanson mais infliger ça à des gens qui viennent de marcher dans le froid, c'est de la persécution. C'est du moins l'opinion de Bird.

Assis cinq rangs plus bas, Steiner subit tout cela avec un certain stoïcisme. Il ne regarde rien ni personne mais parvient à s'échapper deux minutes à l'extérieur pour avaler une demi-tablette d'amphétamines. Au moment où il se rassoit son regard croise celui de Charlie, installé derrière lui. Steiner penche la tête en arrière pendant que le clochard feint la prière.

— À l'extrême gauche, le type avec une parka de l'armée et des lunettes rondes. C'est lui.

Lentement, Steiner pivote et repère le corps longiligne de Bird absorbé par la couleur de ses baskets. Charlie se casse en direction du flic.

— Je passe à l'arrière du bâtiment. Vous avez le fric ?

Steiner opine du chef pendant que Charlie libère sa place.

Deux minutes plus tard, c'est Steiner qui écarte quelques paires de jambes et gagne la sortie du crématorium. Il contourne pesamment l'édifice par la droite et arrive dans le dos de Charlie. Celui-ci, prêt à s'enrichir, aperçoit son commanditaire.

— Vous avez noté le mec ?

— Pas de problème. Tu sais où il dort ?

— Non. Faut pas charrier, je suis pas voyant.

— O.K., regarde au coin si personne n'arrive.

Charlie s'exécute en resserrant son écharpe. La lame de Steiner s'enfonce rapidement dans son dos et tranche son joli cœur rouge en deux. Le flic ralentit la chute du sans-abri, s'écarte et gagne sans se presser la salle principale du crématorium. Il arrive au moment où les proches se regroupent autour du cercueil près du four. Les moins concernés rentrent chez eux ou au bistrot d'en face et ceux qui ne savent pas quoi faire ne bougent pas de leur place.

Bird n'est plus là. Steiner se mêle au groupe familial mais l'homme n'y est pas non plus. Agacé, le flic sort dans les lieux nus et déchiffre le cimetière en panoramique. *Nobody.*

Au centre des sépultures, Bird contemple de jeunes Américains occupés à fleurir la tombe de Jim Morrison. Il se rapproche de la dalle qui croule sous les souvenirs et les colifichets. C'est la musique de Wardell Gray qui lui revient en mémoire : un sax noir massacré par l'Amérique raciste et dont les os blanchis n'intéressent personne. Il revient lentement vers la sortie du cimetière et ne remarque pas Steiner, la cuisse fébrile, qui lui emboîte le pas.

Un matin pauvre sur le XVIIIe arrondissement. Steiner gare sa voiture à deux pas du studio de Vanessa. Et reste là à mater les clients des prostituées qui sortent furtivement des immeubles. Ou avec suffisance.

L'air est vif.

Les fourrures synthétiques paradent.

Cinq Arabes en catatonie sur le trottoir.

Du cul à deux balles.

Le sexe piaffe.

Vanessa descend rarement. Ses clients prennent rendez-vous au téléphone. Grand luxe, vodka Smirnoff et cigares cubains. Steiner pense à Greta, à ses énormes fesses qui pourrissent dans un mauvais cercueil. Il en veut terriblement à Dieu d'avoir repris sa créature. Il en veut à la nonne, à son autoflagellation, à cette mort grandiloquente. Il en veut au monde entier. Il se décide à monter et ouvre avec sa clé. Un client en slip léopard se trémousse dans la piaule.

— Police. Dégage vite fait, mon frère.

Vanessa, les yeux exorbités. Un silence de mort. Le client se rhabille, glissant des œillades de travers à la pute qui regarde ailleurs, le cul en désordre. Puis l'autre disparaît sans parler.

Steiner défait son ceinturon et commande.

— À genoux et tourne-toi.

— Tu me confonds avec Greta, abruti.

Sans répondre, il pose sa main sur le cou de la jeune femme et la fait basculer, tête en bas et cul en l'air. Puis claque les fesses à l'aide de la lanière de cuir. Maintenant, elle pousse des petits cris mouillés.

— C'est ça, continue à couiner, salope.

Dans la pièce contiguë, une fille écoute à pleins tubes *Hand in Glove* des Smiths.

Steiner se prend trois lignes de coke sur la table en formica de la cuisine américaine et relève la tête, les yeux en pamoison. Puis il enfile son manteau, jette un œil sur les fesses écarlates répandues dans les draps, hausse les épaules et gagne la rue. Un crachin sale est sur la ville. La Passat se laisse glisser vers les Gobelins, Steiner chantonne une complainte italienne. Puis se gare face à l'entrée principale de La Pitié-Salpêtrière.

Dans les sous-sols de la ville-hôpital, Bird émerge d'un sommeil léger troublé par le froid humide. Ils sont une vingtaine, réfugiés dans le local de la chaufferie. Doubrovsky, le géant chauve, s'assied près de lui sur une vieille caisse.

— C'était comment cet enterrement ?

— Incinération. Ils ont passé des chansons stupides qu'elle aimait. Il faisait froid dans la crypte et c'était bondé.

— Des copains ?

— Pas vraiment mais j'ai reconnu quelques têtes. J'ai de la peine pour Marie.

— Y en a qui disent que t'étais sur place.

— Non. J'écoutais un saxophoniste près d'une boîte à Châtelet. Qu'est-ce qu'ils font les Blacks ?

Disant cela, Bird indique trois sans-abri d'origine africaine qui jonglent avec un ballon de football. Ils alignent petits ponts, sombrero, râteaux et se charrient quand l'un d'eux se fait mystifier par son collègue.

— Ils sont de l'équipe de France des sans-abri. Ils s'entraînent.

— Tu déconnes.

— Non, c'est vrai. Ils ont fait la coupe du monde au Cap, en Afrique du Sud.

— Qui paye le voyage ?

— Les organisateurs de la vraie coupe du monde. Mamadou, le plus grand, est superbon.

— J'y connais rien. On a du pinard ?

— Un cubi de Valrian. Du rouge.

— Amène.

Maintenant, ils boivent.

Une femme d'une quarantaine d'années, visage rougi et déformé, vêtue de jeans boursouflés, prend un cageot vide et se pose devant les deux hommes.

— Charlie s'est fait niquer, dit-elle.

Bird et Doubrovsky ne répondent même pas, occupés à vider leurs tasses de Valrian. Bird ferme les yeux.

— Ça vous fait rien, c'que j'dis ?

— De quoi tu parles, Annie ? demande le chauve.

— Charlie, la pipelette de la République. Il a un chien.

— Ah, ce Charlie-là. Et alors ?

— Buté au couteau pendant qu'on enterrait l'autre fille, au cimetière.

Bird en fibrillation.

— J'y étais, personne s'est fait buter.

— Si. Ils l'ont trouvé après leur truc, là…

— L'incinération.

— C'est ça. Un coup de couteau. Il était à l'arrière du bâtiment comme s'il allait pisser en douce.

— C'est pas les mêmes que pour Marie. Eux c'étaient des jeunes ; ils tapent, ils gueulent. Là, on dirait un règlement de comptes, non ?

— Sais pas. J'ai un peu la trouille, c'est pour ça que je suis venue ici. Y a de la place, Doubro ?

— Pour toi, oui.

La femme ramasse ses deux sacs jetés à terre et s'apprête à partir quand Bird lui passe une tasse de vin. Elle ne tend pas la main.

— Merci, j'ai arrêté. Mon foie merde à fond les manettes.

Puis elle s'éloigne dans le souterrain.

Bird et Doubrovsky se dévisagent, vaguement égarés et abrutis par le vin.

— Tu le connaissais ce Charlie ? dit Bird.

— Un peu. Lui connaissait tout le monde. Paraît qu'il balançait aux flics mais on n'a jamais rien pu prouver.

— Ça ressemble bien à un contrat. Il a peut-être bavé sur un mec et l'autre l'a piqué en récompense.

— Je vais demander à République, j'ai des copains là-bas. Tu restes ici ?

— Je vais me faire de la thune près d'une sortie des Halles. Je reviendrai plus tard.

9

Le mec Bird se dirige vers Saint-Marcel. Du coup, je laisse la Passat et lui emboîte le pas. Je suis obligé de me farcir le métro qui pue la sueur sur une dizaine de stations pour parvenir derrière ce tocard à la sortie Saint-Eustache, au-dessus des cinémas Ciné Cité. Pas de flics, pas de clochards. Il pose son barda à terre et sort de son sac à dos un saxophone plutôt neuf. Il joue pas mal, je trouve. Le jazz, c'est pas vraiment mon truc mais on sent que ce type ne débute pas au conservatoire de Rodez. Puis, ça me vient comme ça : accélérer le mouvement.

À l'abri d'une colonne en faux marbre, je compose le numéro de Guillaume. Aussitôt, Bird s'arrête de jouer et contemple le portable dans sa main telle une poule devant un couteau. Puis il se décide et appuie sur le signal vert.

— Oui ?

— Police. Vous faites quoi avec ce téléphone ?

— Je l'ai trouvé et je doute que la police prenne le temps de rechercher les cinq cent mille téléphones volés ce mois-ci.

— Impressionnant. D'accord, c'est pas la police mais mon client souhaite récupérer ce portable au plus vite.

— Votre client, comme vous dites, est une petite ordure de seize ans qui s'amuse à buter les SDF le soir avec ses copains. Vous en avez beaucoup, des clients comme ça ?

— Il n'a pas tué, il filmait.

— C'est encore pire. On se croirait revenu aux jeux du cirque mais maintenant on peut revoir la tuerie le soir sur la télé. Enculé, tu me fais pas peur.

— C'est ça, c'est ça. Combien tu veux en échange du portable ?

Sur le coup, Bird ne répond rien et commence à réfléchir pendant qu'un gamin dépose une pièce dans sa timbale posée à terre.

— Le compagnon de Marie a tout perdu ce soir-là, ça vaut un paquet.

— Cinq mille ?

— Je préfère dix.

— Bon, d'accord. On fait ça comment ?

— Je sais pas.

— Le grand bain de la piscine des Halles. Tu viens avec le portable et moi avec la thune.

— J'ai pas de maillot de bain.

— Moi non plus. Dans une heure ?

— O.K.

Ce qu'il ne connaît pas : mon record en apnée. Je récupère le portable et laisse machin-Bird au fond de l'eau. J'ai trois quarts d'heure devant moi, mais c'est un peu juste pour tringler rue Saint-Denis. Je vais repérer les lieux, c'est plus professionnel.

À travers la vitre qui donne sur le promenoir du Forum, je capte les nageurs alignant des séries de cinquante mètres. Trois Portos à mes côtés font la même chose, mais ce sont les filles en maillot qui les branchent.

Odeurs de Javel.

Scolaires en vadrouille, les cheveux mouillés.

Solitaires rêvant d'une finale olympique.

Et Bird qui se pointe calmos à la caisse. Je lui laisse dix minutes, rien ne presse maintenant. Tout est scellé.

Je gagne moi-même l'entrée et loue un slip de compète, des lunettes et un protège-cheveux. Je prends une serviette avec moi, censée dissimuler le fric. Que je n'ai pas, bien sûr.

Dans les douches, trois tapettes se caressent en poussant des cris énamourés. Le bassin est grand et, d'où je suis, j'aperçois les douches «femmes» où deux nanas de vingt ans se savonnent, les seins à l'air. Je reviendrai. Je passe en revue le grand bain et aperçois Bird, qui ne me connaît pas, dardant un œil affûté vers une serviette et un portable posés sur un banc à proximité de la flotte. Je remise mon éponge sur le sol et me lance dans une série de longueurs, plagiant les abrutis qui viennent parfaire leurs pectoraux. Mon saxo préféré barbote dans les grands fonds sans s'éloigner du bord. Te bile pas, mon frère, j'arrive.

À ma troisième longueur, je glisse sous l'eau et parviens à hauteur des pieds du gus. Puis je tire vivement ses jambes et l'entraîne au fond du grand bain. Évidemment, il gigote.

J'ai deux minutes tranquilles en apnée, alors je commence à le cogner méthodiquement et me colle à lui. Je serre avidement son cou et peu à peu le type ne pense qu'à une seule chose : respirer. Encore trente secondes. Quelqu'un m'arrache mon bonnet et tire mes cheveux en arrière à pleines mains. Je lâche le saxo et pivote. Un mastodonte, complètement chauve et sans bonnet, m'attaque comme au ciné. Putain, je sais plus où donner de la tête. Massacrer le nouveau ou continuer à étrangler Birdy. J'ai pas le choix car le chauve me serre le cou comme un dément. Me tirer, je dois filer dare-dare. Je lui mets une fourche dans les yeux et m'éloigne en battant la flotte furieusement.

Dehors, quand j'émerge, ils sont une dizaine à contempler le spectacle. J'écarte la marmaille et jaillis comme une bombe dans les vestiaires. Vite mes fringues, pas de douche, rien. Je freine des quatre fers devant les caisses et prends l'air du type décontracté puis je vire sur l'escalator Saint-Eustache. C'est en arrivant à l'air libre, et en me traitant de con, que je pense à l'essentiel. Le portable est toujours dans la nature.

Je prends Montorgueil pour respirer un peu au calme et passe devant une boulangerie qui fait parader en vitrine les gratuits du matin. Ils sont d'accord, pour une fois. « Qui cherche à tuer les SDF ? » d'un côté, « Meurtres ignobles de SDF » de l'autre.

10

Quinze janvier, vingt-deux heures.

Kevin conduit et Alicia est notre infirmière. Ce soir nous avons un Citroën Jumper et des tonnes de KitKat.

La régulation nous envoie dans le haut de la rue Saint-Maur. Une femme, complètement ivre, pleure sous les fenêtres de familles bien au chaud. Je discute un moment avec la pleureuse, mais elle ne veut pas nous accompagner. Je lui laisse un gobelet de soupe, deux KitKat et un duvet.

En redescendant sur République, un monsieur fatigué nous arrête. Nous le chargeons, on le laissera à Montrouge. Puis nous parvenons au métro Arts-et-Métiers. Je repère une jeune femme assise par terre contre un mur. Elle fume une cigarette.

— Bonsoir, mademoiselle, Samu social. Vous n'avez pas froid par terre ?

— Si.

— Vous n'avez pas de domicile ?

— J'avais mais je me suis pris le chou avec mon jules et je n'y retournerai pas.

— Ça doit pouvoir s'arranger, non ? Un café ?

— Oui pour le café et non, ça ne s'arrangera pas. Je suis séropo et je viens seulement de lui dire. Il est fâché.

— Il craint pour sa santé ?

— Oui mais j'ai toujours fait attention. Ce type me plaisait et je me suis dégonflée d'en parler au début. On vit ensemble depuis deux mois.

— Vous avez ce qu'il vous faut, côté médicaments ?

Au moment où elle s'apprête à répondre, une quinte de toux lui casse la poitrine en deux. On se dévisage avec Alicia et nous pensons la même chose : bronchite. Ma collègue remonte dans le camion et commande un lit infirmier. Je tends la tasse de café à la jeune fille.

— Comment vous vous appelez ?

— Samia.

Elle accepte le lit et monte à l'arrière du Jumper.

À Gare-de-l'Est, je repère Gina qui dort sous un paquet de cartons, mais son drapeau italien dépasse du monticule.

— Kevin, arrête-nous, on va jeter un œil sur Gina.

Nous sautons du camion avec Alicia et je me penche vers la vieille femme italienne. Elle refuse Montrouge en grognant. Je lui touche les poignets : elle est un peu chaude. Alicia se penche à son tour et vérifie. Fausse alerte. Nous remontons en direction de Pigalle. Trois hommes discutent dans le froid vif, leurs sacs déposés à leurs pieds. Je reconnais Pierre, un ancien comptable présentement sans travail, sans femme et sans enfants. La dèche totale ; il prend du Seropram à hautes doses. On se rapproche et je me penche par la glace baissée du camion pour l'interpeller quand un tremblement ridicule me saisit. Le troisième homme, c'est mon père. Je plisse les yeux, mine de rien, mais oui, l'homme pour qui j'ai choisi ce job de nuit est là, appuyé contre une poubelle.

— Salut, Cécile, tu as du café ?

J'opine bêtement à la question du comptable et, en tremblant, descends du camion avec ma bouteille thermos. Je verse un verre à Pierre sans lever les yeux.

— Vous attendiez qu'on passe ?

— Moi, oui. Les autres, je sais pas.

Il se retourne et consulte ses copains pendant qu'Alicia se rapproche de moi.

— Ils ont l'air en forme, non ?

— Le mec avec des lunettes, c'est mon père.

— Merde. O.K., on les tasse derrière et on dégage sur Montrouge. Je te laisse faire.

Elle remonte dans le camion.

— Alors, Pierre, tu te décides ?

— Je viens avec Bird. Momo retourne à La Pitié.

Je les fait monter complètement à l'arrière et me glisse sur le siège contre mon père. Le camion démarre et prend de la vitesse car nous gagnons Montrouge directement. Je regarde sa main gauche posée sur son genou. Pas trop détruite. Puis je deviens dingue et, en laissant couler les larmes dans mon cou, glisse ma main sur la sienne et murmure.

— Papa.

Au bout de quelques secondes, il pivote vers moi et déchiffre mon visage, égaré.

— Cécile, mon Dieu, Cécile.

Alors on se jette l'un contre l'autre en pleurant et en

s'agrippant tels des naufragés. Je ne pense plus à rien, aux autres, au Samu. Je suis avec papa, oh Dieu, dix ans à imaginer cette fiction. Kevin stoppe le Jumper et, bafouillant mille excuses, je descends avec mon père place de Clichy et nous restons là, comme deux cons, isolés sur une terre inaccessible et cernés par les feux rouges des taxis.

Maintenant, nous sommes installés au fond d'une brasserie dans le bas de la place. Son visage est rougi comme celui des sans-abri mais ses cheveux sont corrects. Je reconnais ses petites lunettes de myope et cette façon qu'il a de parler, la tête penchée sur la droite. Il porte une sorte de treillis vert. On se regarde pendant dix mille ans et c'est moi qui entame le débat.

— Louise m'a dit que tu étais vivant puis elle est décédée en septembre. Je te croyais mort en Espagne.

— C'est elle qui avait proposé cette version. La famille avait honte de moi et je me sentais pas le courage de continuer à faire semblant de chercher du boulot. Ne sois pas trop dure avec ta grand-mère.

— Comment tu as pu me laisser toute seule…

— Plus d'argent, plus de contrats, aucun avenir. Que veux-tu qu'on propose à une gamine de quinze ans. De la merde, de la honte, de la rancœur ? Tu penses que ça t'aurait plu d'entendre ça ?

— Je ne sais pas. J'ai beaucoup pleuré pendant dix ans. J'écoutais tes vieux disques en vinyle, je continuais l'école mais le cœur n'y était pas. Et j'ai choisi la filière éducation sociale. Et aujourd'hui je reviens vers toi.

Il plonge ses yeux tristes dans les miens et mord dans son sandwich.

— N'essaie pas de me faire pleurer, Cécile.

— Ce serait ton tour, pourtant.

Il détourne les yeux, gêné.

— Comment tu m'as retrouvé ?

— J'ai choisi le Samu social quand j'ai su que tu zonais à Paris. Je me suis dit qu'un beau jour je te verrais pendant la maraude. Et j'avais raison. Pourquoi tu te fais appeler Bird ?

— C'est un copain qui adore Charlie Parker. Après m'avoir entendu jouer, il m'a rebaptisé comme ça par amitié. J'ai laissé faire. Tu as failli ne pas me revoir, tu sais.

— Non, je sais pas.

11

Puis nous décollons sur des souvenirs de vacances qui sont toujours merveilleux. Je lui parle de mes examens, de mes bonnes notes et pas un mot sur la came. Lui me décrit sa plongée dans le monde de l'exclusion, sa survie au jour le jour, ses petits boulots, la manche. Il a viré bigot voici sept ans. Église le matin, confessions en pagaille et l'étude des textes sacrés. Mais le beat ternaire était plus fort que ça. Quoique ça ne soit pas incompatible. En fait, il a laissé choir pour une ex-strip-teaseuse qui déplaisait au curé. Croyant mais pas trop, le gars Bird.

— Tu ne m'as pas dit pourquoi j'ai failli ne pas te retrouver.

Alors il me narre une agression assez improbable à la piscine des Halles.

— Tu es au courant pour les deux SDF qui ont été tués récemment ? je dis.

— J'étais présent quand Marie est morte.

— Comment ça ?

— Je rentrais tard pour dormir dans leur tente et je suis

tombé sur la bagarre. J'ai donné un coup de main et les jeunes salauds ont fini par détaler.

— C'était quel genre, les agresseurs ?

— Le genre friqué. Ils sont repartis dans un quatre-quatre noir impeccable. L'un d'entre eux avait tellement la trouille qu'il a laissé tomber son téléphone portable.

Disant cela, il pose l'objet sur la table. Un modèle récent, de marque Nokia.

— Fais voir. Tu t'en sers ?

— Je sais à peine passer un coup de fil et j'ai personne à qui téléphoner. Sauf mon pote Doubrovsky, c'est lui qui est venu me tirer d'affaire dans la piscine.

À force de pianoter sur l'objet, je me rends compte qu'il fait aussi caméra et appareil photo. J'enclenche la mémoire caméra et, là, des images crasseuses me glacent le sang.

— Viens voir, il y a un film.

Sur le petit écran, des corps se tordent, des battes de base-ball cinglent et on entend des cris de haine. À l'arrière, une pauvre tente.

— Mais, c'est la tente de Théo. Attends, je reconnais le jeune qui dirigeait le groupe. Regarde, on voit Marie ramper vers la tente, dit-il.

— Quelle horreur. C'est bizarre que le propriétaire n'essaie pas de récupérer ce film, ça peut carrément l'envoyer en prison et ses copains avec lui.

— Si, il essaie. C'est pour ça que j'ai été agressé à la piscine.

— Je ne comprends pas. Explique-moi en détail.

Puis il me décrit le deal avec un inconnu, manifestement mandaté pour récupérer l'objet.

— D'accord, mais comment ce type a pu te reconnaître dans la piscine ?

— C'est vrai, j'ai pas pensé à ça.

— Il n'a pas téléphoné au hasard, il te connaissait déjà. Donc, quelqu'un au courant du meurtre de Marie l'a informé. Tu as une idée ?

— L'autre jour, Doubrovsky parlait d'un SDF qui balance, mais maintenant il est mort. Il a été tué d'un coup de couteau au Père-Lachaise.

— Comment il s'appelle ?

— S'appelait. Son nom c'est Charlie, mais je le connaissais pas.

Merde. Mon indic chez les exclus. Charlie connaissait papa puisque c'est lui qui me repassait les infos sur ses dérives nocturnes.

— Il te connaissait, je lui ai parlé de toi. Donc, il rencarde la clique du portable et se fait poignarder à la suite. On l'a volé ?

— Non. Paraît qu'il avait même du fric sur lui.

— Et hier, on essaie de te tuer pour récupérer le téléphone et supprimer toutes les traces. T'es mal parti, papa.

— Tu vas trop au cinéma, c'est bien tortueux ton histoire.

— Il faut te débarrasser de ce mobile et le donner aux flics. Ils retrouveront le propriétaire et, du coup, tu seras hors d'affaire mais pas lui.

— Pas question. Pas de flics, rien d'officiel, je n'existe pas.

— C'est ça et tu vas continuer à folâtrer avec un tueur aux fesses. Tu te prends pour James Bond ?

Il ferme les yeux et pose sa tête dans ses mains. Il est une heure du mat', il est fatigué, je suis fatiguée, la vie est un cauchemar.

— Papa, on est crevés. On peut discuter de ça demain tranquillement.

— Oui, je préfère.

— Je peux te loger, mon studio est pas très grand mais je suis la reine de l'aménagement.

— Non, j'aime pas gêner. Donne-moi dix euros. Avec ce que j'ai en poche, je vais me prendre une chambre dans un hôtel rue de Clichy ; ça m'arrive parfois quand je suis en fonds.

— C'est idiot mais tu fais comme tu veux. J'ai une réunion à l'église Saint-Merri demain matin à huit heures. On se retrouve là-bas vers neuf heures, d'accord ?

— À côté de Beaubourg, c'est ça ?

Je fais oui avec la tête et nous nous pressons les mains, ne sachant trop s'il faut s'embrasser. Je tourne les talons, laisse un billet au barman et gagne le métro le plus proche.

12

Bird se réveille dans un lit qu'il ne connaît pas. Il ferme les yeux et capte la musique du monde en marche. La radio du voisin de droite, la pute du second qui chante sous sa douche, les maçons italiens démarrant un chantier dans l'immeuble mitoyen. Huit heures, il a encore une heure avant de rejoindre Cécile à Saint-Merri. Bird connaît cette église et sait qu'à huit heures la seule réunion possible est celle des Addicts Anonymes. Il y passe parfois pour se réchauffer et boire un café. Il accompagne aussi des copains en quête d'un soutien, des alcoolos, un camé. Maintenant, il pense, allongé bien au chaud.

Il est avec Cécile dans une exposition de photos consacrées au jazz et la gamine veut savoir pourquoi tous les musiciens sont noirs. Il se souvient de sa difficulté à expliquer qu'il joue une musique créée par des Américains d'origine africaine. Elle demande aussi pourquoi ils ont l'air triste, alors Bird traque le moindre sourire sur les clichés de Claxton et les indique triomphalement à la gamine. Le jazz est-il triste ? s'interroge le musicien. Et son esprit s'égare en direction d'une nouba de fin d'année à Paimpol. Des assureurs. Qui lui demandèrent de jouer un répertoire débutant par *Pepito mi corazon*. Quelque chose s'était déplacé dans sa tête. Avait-il touché le fond ce soir-là, Chez Tonton, restaurant de coquillages et crustacés ?

Il est aussi à la communion de Cécile, vaguement beurré au retour de la cérémonie catholique. Le repas avec sa famille détruite par les décès et la foire dans le jardin de Villemomble. La petite, interloquée, déchiffrant le souk organisé par les potes à son vieux. Deux batteries, trois saxos et deux cars de flics énervés, puis cette lutte insensée sur l'asphalte, la nuit au poste sous les insultes, dans le vomi, et son retour larvaire à la maison.

Il ramasse ses affaires, enveloppe son sax dans deux pull-overs et gagne la sortie en prenant le temps d'avaler un café devant le distributeur. Cinquante centimes le gobelet. Au métro, il se glisse sous le tourniquet et met le cap sur Châtelet-Les-Halles.

Aujourd'hui, l'animatrice du groupe est une femme de cinquante ans aux cheveux décolorés en blond et qui peine à contenir sa poitrine dans un Playtex extra-large. Un homme barbu soliloque.

— J'ai arrêté le pinard il y a trente jours de ça. Mais ça me coûtait.

— On connaît la chanson, Sébastien, intervient un homme de quarante ans, décharné.

— Ouais. Et j'ai trouvé un truc pour éviter la tentation : ne plus passer devant un bistrot pour aller travailler. Je me suis fait un trajet insensé pour éviter tous les troquets qui pouvaient se présenter. Du coup, je me tape trente minutes de marche bien que je crèche à cinq minutes de mon boulot.

— Et le soir, pareil ? dit une fille brune avec des anneaux dans le nez.

— Kif-kif, ma sœur, mais je passe par un autre chemin et ça me prend plus de temps encore.

— Merci, Benjamin, conclut la blonde.

— Merci, Benjamin, disent-ils.

Ensuite, une femme de trente-cinq ans décrit son expérience du crack et sa prise de conscience quand elle assomma sa propre mère pour lui piquer son fric et se payer les cailloux magiques. Depuis, elle a déménagé et se tue à la tâche pour oublier la came. L'assemblée marmonne un « merci, Élodie ». Cécile lève la main au moment où Bird pénètre dans les lieux.

— Je m'appelle Cécile, certains me connaissent.

— Salut, Cécile, ânonne l'assistance.

— Voici un truc dont je voulais parler ici. À un moment de ma vie, j'ai dû tapiner pour me payer mes doses d'héroïne. Il fallait se protéger mais c'était valable surtout avec les mecs qu'on ne connaissait pas. J'avais trois, quatre clients réguliers, des jeunes de mon quartier, et on baisait sans protection.

— Putain, t'es gonflée, Cécile, intervient l'animatrice qui sait manifestement de quoi elle parle.

— C'est clair. Un jour, l'un des garçons se chope le sida et je me rends compte qu'il fait partie des clients qui ne mettaient pas de capote. Du coup, j'ai commencé à baliser. J'étais terrifiée. Le garçon est mort un an plus tard.

— Tu t'es fait faire une prise de sang ? demande un jeune homme efféminé.

— J'ai pas osé. Depuis deux ans, je vis avec ça. Évidemment j'ai laissé tomber le trottoir, mais je me demande en permanence si j'ai chopé cette saloperie et j'ai peur de faire l'examen. Voilà, ça n'a rien à voir avec l'addiction mais je voulais en parler. Merci de m'avoir écoutée.

— Merci à toi, Cécile.

L'animatrice propose un break et Cécile consulte sa montre. Neuf heures dix. Elle se dirige vers la porte et découvre son père, assis au dernier rang. Les joues en feu, Cécile se penche vers lui.

— Ça fait longtemps que tu es là ?

— Non, je viens d'arriver.

Il se lève. Père et fille gagnent ensemble la sortie et traversent l'église pour découvrir la rue Saint-Martin noyée dans le brouillard. Cécile, troublée, ne sait trop si elle doit croire son père. L'a-t-il entendue ? Ils marchent sans rien dire, puis Bird prend sa main et l'entraîne vers un bar de la rue Rambuteau. Maintenant, elle sait.

C'est une fille de vingt-cinq ans, donc. Un mètre soixante-sept, un visage pâle et un casque de cheveux châtains coupés genre Linda Evangelista époque Lindbergh. Sous sa doudoune noire, elle porte un pantalon en velours gris sur des baskets de qualité. Ils choisissent un coin à part dans un bar et commandent du thé pour elle et un café serré pour lui.

— Alors, tu as réfléchi ? dit-elle.

— Pas de flics.

— Moi aussi, j'ai réfléchi. Si tu laisses tomber la voie officielle, il faut éliminer ce type. Si tu le fais pas, il va te tuer, papa. C'est clair ?

— Je ne suis pas un tueur.

— D'accord, mais t'as pas le choix.

— Imaginons que je décide d'éliminer ce fils de pute. Comment faire ?

— Là, je peux t'aider. J'ai une idée.

— Pourquoi tu ferais ça ?

— Je t'ai retrouvé, après dix ans à t'espérer, et j'ai l'intention d'en profiter encore un peu.

— D'accord. Allez, explique-moi.

Dix heures du matin. Cécile a trouvé quelques vieux vêtements délavés, des tennis trouées, ainsi qu'une perruque aux cheveux longs, bruns et sales. Elle juche sur son nez une paire de petites lunettes noires démantibulées et colle sur son dos un sac en toile défraîchi.

Puis contemple son look baba en fin de course dans le miroir de son studio. Pas mal. Coup de fil à Doubrovsky.

— Cécile, la fille de Bird.

— Salut. Oui, il m'a raconté. Écoute, pour faire plus vrai, on dira que tu es ma nièce ; tu débarques de Montélimar et tu zones à Paris depuis trois jours. Tu m'as retrouvé à La Pitié. Ça colle ?

— C'est bon. Après La Pitié, tu connais un coin où je pourrais débiter mon histoire ?

— Les Halles, dans le hall du RER au sous-sol. Bird a un copain là-bas qui s'appelle Bernard.

— O.K. À plus.

Elle jette un dernier coup d'œil à son studio, dépose son portable dans un tiroir et claque la porte. Un soleil inattendu enflamme la rue Marcadet. Elle passe dans le métro et s'affale sur un strapontin. Quelques regards se détournent. Parfait.

Parvenue aux sous-sols de La Pitié, elle se laisse guider par Doubrovsky et s'installe près d'un groupe avec cadors renifleurs.

— C'est toi, la nièce à Doubro ?

— Oui.

— T'es d'où ?

— Montélimar. Je suis là depuis quatre ou cinq jours mais on m'a pas dit qu'il était à La Pitié.

— T'as fait quoi pour bouffer ?

— I'm'restait un peu de fric, j'ai fait la manche dans la rue et un mec m'a donné un coup de main.

— On le connaît ?

— Il s'appelle Bird. Il a essayé d'aider la fille tuée par les types en quatre-quatre…

— On savait pas ça, mais les mecs dans la rue disent n'importe quoi pour se faire mousser.

— Si, si, c'est vrai. Il m'a montré le portable qu'un jeune a oublié et on voit le film quand ils cassent la gueule à Marie.

— Ben, merde, c'est un scoop. Je parie qu'il veut pas le donner aux flics.

— C'est vrai.

— Il a raison. Moins on les voit, mieux on se porte.

Là-dessus les sans-abri se mettent à discuter des mérites comparés de la police municipale et de la police nationale. Cécile se déplace un peu plus loin et parvient à réciter sa fable une nouvelle fois, l'air ingénu. Les footballeurs africains décident alors de bouger en direction de Châtelet et elle propose de les accompagner.

En fin d'après-midi, elle pense avoir répété suffisamment sa comptine et met le cap sur le bistrot de la place de Clichy où l'attend Bird.

13

J'ai ma dose de Stockman et Latour, mais je suis si près du but que ça me fait braire de m'asseoir sur soixante-quinze mille. Je tapote le lit à côté de moi : *nobody*. Pourtant le studio n'est pas immense, mais cette chienne de Vanessa est partie pendant ma sieste. Non, je suis con, elle n'a nulle part où aller. Téléphone.

— Steiner.

— C'est ton ami de l'hôpital. Tu cherches toujours après un portable ?

— Toujours. Tu l'as vu ?

— J'ai parlé ce matin avec une fille qui prétend que Bird lui a montré un film sur le téléphone. Elle m'a décrit aussi le genre du film. Ça va coûter bonbon, Steiner.

— Qui dit qu'elle peut mener à Bird ?

— Il l'a aidée. Elle arrive de Montélimar, la gueule enfarinée. Je la sens bien.

— Combien ?

— Mille.

— Cinq cents pour me montrer la fille et cinq cents si elle sait trouver Bird.

— C'est bon. Je propose dix-neuf heures devant l'entrée principale de La Pitié.

— J'y serai, mon frère.

Heureusement que j'avais prévu des frais annexes. Toutes ces racailles prêtes à donner père et mère pour cinq cents euros, ça me tue.

— Vanessa, t'es où, bordel ?

— Ici, abruti.

Ah oui, les toilettes.

— Viens baiser, j'ai une heure devant moi.

Mon ami de l'hôpital s'appelle Churos, mais c'est pas son vrai nom, *of course*. Il doit traîner un blaze à la con, du genre Paul Duchemin. Pour l'heure, il dégueulasse ma caisse avec ses fringues d'épave, mais je n'ai pas le choix.

— Te presse pas, Churos, j'adore rester en planque à côté d'une poubelle.

— Avec le fric que vous me donnerez, j'irai prendre une douche.

— Une seule ? Ben, dis donc, t'es optimiste.

— La voilà.

Il me montre une nana genre Flower People, le compteur bloqué en 1970 pour le look, mais elle fait dans les vingt-cinq ans. Sale. Enfin, pas trop. En fait, je m'intéresse, c'est mon côté social. Je peux la mettre sur le palier de Vanessa, faut voir. Portable.

— Quoi, merde ?

— C'est Lambert. La mère de Jérémy, le gosse qui s'est fait violer à Pantin, est arrivée. Vous aviez rendez-vous à dix-huit heures.

— Putain, je l'avais oubliée celle-là. Dis-lui que je suis en mission et que j'arrive dans une heure.

— Y a un problème : le gosse a essayé de se suicider hier soir.

— Et alors ? Je suis pas assistante sociale. Dans une heure. Tu fais chier, Lambert.

La fille avance relax. J'adore son petit cul. Je mets la Passat en route, calmos.

— Vous faites pas ça à pied ? couine Churos.

— T'es flic ? Tu veux le faire à ma place ?

Du coup, il la boucle. Travailler avec ça, seigneur.

— Tu veux descendre ?

— Avec le fric, je veux bien.

Je lui tends sa thune et le laisse partir. Du coin de l'œil, je repère la fille qui avance vers les Gobelins d'un pas tranquille. J'hésite. La nuit mange le décor, le boulevard reste sombre et j'ai promis de faire le vide. Du coup, je me paye un demi-tour au centre du bitume et remonte Saint-Marcel, puis nouveau demi-tour devant La Pitié. Churos est à cent mètres, les yeux exorbités devant le paquet de fric. Il est là, comme une brêle, à feuilleter les billets. J'accélère, passe ma roue avant sur le trottoir et fauche le déchet sans m'arrêter. Puis j'emmanche les Gobelins et ne vois plus la fille. Je tourne lentement dans le secteur, vachement attentif et tout, mais elle a disparu. Connard de Churos.

Je ne compte plus les heures passées au volant de la Passat à glander autour de l'hôpital. Une chose est sûre : la fille et moi n'avons pas les mêmes horaires. Ou bien elle sort par une entrée différente. Ou alors elle gambade dans le triangle des Bermudes. Va savoir. Maintenant, je suis imbattable sur la programmation de Radio Nostalgie et j'ai fumé deux cartouches de Marlboro. Mon téléphone bourdonne sur le siège passager.

— Steiner.

— Stockman. Monsieur le député commence à s'inquiéter.

— Je connais le type qui détient le portable. Il ne l'a pas fait passer aux flics et je suis à deux doigts de le piéger.

— J'ai fait virer le montant des frais annexes sur votre compte, ça passe sur les frais de campagne. Maintenant, il faut faire vite, Steiner.

— Dans deux jours, c'est terminé.

— On s'appelle.

Pourquoi j'ai dit deux jours ?

Ça me coûte, mais je n'ai plus qu'une seule solution. Putain, ça me gonfle. Bon, tu décroches ?

— Oui ?

— Ton ami de la piscine.

— Ah oui, le fameux nageur. Tu croyais que j'allais me pointer seul à un rencard aussi débile ?

— O.K., O.K., t'es très fort. Je suis toujours partant pour acheter l'objet.

— Pas de problème, mais le tarif a augmenté : vingt mille.

— C'est très cher.

— Oui, mais je suis rancunier. D'autre part, c'est moi qui fixe les conditions de l'échange, cette fois-ci. Qui plus est, je n'aurai pas le portable sur moi, il faudra que je te conduise. C'est donc pas la peine de jouer les Rambo.

— Accouche.

— Tu connais le bassin de la Villette ?

Sept heures du matin. Le MK2 est désert et les abords du bassin sont délaissés par les fêtards de la nuit. Bird s'est fait prêter une canne à pêche par Doubrovsky. Seul, les jambes pendantes au bord du bassin, il lance sa ligne appâtée à la mouche. N'importe quoi. Et ne pêche rien, bien entendu. Le jour peine à se lever et les rares lampadaires s'éteignent peu à peu.

Il joue dans sa tête un vieux morceau de Chet Baker.

Cette ville le fatigue.

L'appel du large aboie.

Cécile, Cécile, Cécile.

L'eau clapote mollement, pas vraiment réveillée, elle non plus.

Puis l'autre salaud se pose lourdement à ses côtés. Trente-cinq ans, pas plus. Content de lui ; ces fumiers sont imbuvables par principe.

— Ça mord ?

— Tu es mon plus gros poisson pour le moment.

— Ouais. Je travaille pour le père du gosse qui a filmé, c'est pas lui l'assassin.

— Tu l'as déjà dit. Je ne fais aucune différence. À propos, qui a tué Charlie ?

— Je connais un Charlie, mais il crèche à Toulon. De qui tu parles ?

— Personne. Montre-moi l'argent.

— Montre-moi le portable.

Leurs voix assourdies pourraient faire croire à la rencontre fortuite de deux vieux potes titillant le goujon. C'est ce que pense Cécile dont les tennis étouffent les pas. La pierre meulière qu'elle tient à deux mains pèse dix kilos. Au dernier moment, Steiner pressent un mouvement dans son dos et se retourne à demi. La meulière lui fracasse le crâne une première fois puis une deuxième. Puis Bird prend la suite comme convenu et, rapidement, la tête du flic mue en bouillie rougeâtre.

Pendant que Cécile darde un œil vif sur les alentours du bassin, Bird pousse à l'eau le corps épais. Père et fille restent figés, terrifiés à l'idée que Steiner ne réapparaisse en hurlant. Au terme de cinq minutes, ils finissent par admettre que l'homme ne remontera pas.

— Et le fric ? dit-elle.

— On n'a pas besoin de ça.

Il délace sa chaussure, la remplit d'eau et lave les traces de sang maculant les pierres du quai. Ils sont maintenant face à face et tombent dans les bras l'un de l'autre. Un frisson terrible secoue la jeune fille. Elle s'est promis de ne pas pleurer mais ça lui coûte.

— Tu tiens ? demande-t-il.

— J'ai besoin d'un cognac.

Deux heures plus tard. Ils ont pris racine dans un rade en déchéance à deux pas du métro Stalingrad. Le patron leur sert cognac, bière et bourgueil à la demande. C'est sa meilleure journée du mois.

— Papa, tu m'as soûlée.

— C'est toi qui voulais boire, t'es gonflée… Cécile, c'était vrai cette histoire de prostitution ?

— J'ai pas envie d'en parler, ça n'a rien à voir avec toi.

— Je suis ton père quand même.

— Me prends pas pour une conne. Qu'est-ce que tu vas faire, à présent ?

— Je vais mettre de la distance entre moi et ces morts. J'ai pas encore décidé. Je t'enverrai une carte ; à partir de maintenant on reste en contact.

— Si tu as encore quelqu'un à buter, tu sais où me trouver. Non, je plaisante, je suis tellement contente de t'avoir revu.

Disant cela, elle plonge dans les bras du sax et, de la main gauche, dérobe dans sa poche le portable de Guillaume.

Deux jours plus tard, gare du Nord. Bird se glisse contre le Thalys qui part à neuf heures. Il est huit heures et le train n'est pas affiché. Il remonte le quai et se faufile dans une voiture de seconde à la pénombre sympathique. Puis il s'allonge sur deux sièges. Trente minutes plus tard, les stewards se campent devant les portes et les voyageurs pénètrent dans la rame.

Parvenu à Bruxelles-Midi, le sans-abri emprunte un petit train ferraillant qui le dépose à la gare d'Ostende. Il décide de traîner en ville et se poste dans une rue fréquentée, mais la manche n'est pas la tasse de thé des Belges. Il tente la musique. Les piécettes arrivent vers lui parcimonieusement. Une heure plus tard, un jeune chauve habillé en prince-de-galles défraîchi se campe devant Bird.

— Tu pourrais faire mieux que la manche, pépère.

— T'es assistante sociale ?

— Non, mais je connais deux endroits en ville où tu pourrais jouer ta musique. C'est pas des palaces mais la clientèle est sympa.

— Je suis pas habitué aux palaces. Faut voir.

— Viens, je te paye un coup, on en parlera.

14

Un ferry anglais s'éloigne du port, pris dans les eaux boueuses de la mer du Nord. Les lumières d'Ostende brillent peu à peu sur les façades staliniennes du front de mer. Le vent secoue le bateau et soulève le sable. Tourbillons giflant les baraques esseulées. Paravent bleu et blanc claquant au vent. Sur la jetée surélevée, un enfant replet s'attarde sur un petit vélo rouge dont l'essieu arrière grince fortement. Sa mère crie son nom, mais le vent disperse ses mots attentifs.

Bird avance dans le sable, serrant dans sa main son saxophone alto. Il marche vers le club de José, un Toulousain établi à Ostende et qui fait la part belle, en soirée, aux teigneux du bop. José apprécie fortement Bird car il n'est pas cher et souffle encore comme un chef. Le sans-abri se fait des soirées à quarante euros depuis trois jours. Un pactole. Il marche, donc, et sifflote un truc véloce de Clifford Brown.

À cinquante mètres derrière lui, noyés dans la pénombre du rivage, les frères Ceulemans progressent eux aussi vers le quartier des lumières, la lueur rouge des bars. Ils sont massifs, blonds, et leurs doigts courtauds et puissants témoignent de leur passé en usine. Depuis la fermeture de l'unité de roulements à billes, les Ceulemans ont perdu leur baraque, leur fric et leurs femmes dont une avec bague au doigt et tout le tralala. Ils squattent le soir des bateaux qui mouillent dans le port. Côté bouffe : de la merde et des restes de poisson frelatés. De la bière chaude, parfois. Franck, le plus mince, se penche vers son frère.

— C'est une clarinette que tient le type devant ?
— Un saxophone, tête de nœud.
— Ça va chercher dans les combien ?
— Halders en prendrait deux cents euros.
— Dix jours de bouffe. Tu fais quoi ?
— Action.

Cela dit, ils se hâtent dans le sable sale et, luttant contre le vent, rejoignent Bird qui rêve de doubles-croches. Willy projette ses cent vingt kilos sur le dos de sa victime qui s'écroule. Dans le même temps, le zonard belge emprisonne la gorge du saxo. Et serre. Franck arrache l'instrument aux mains du musicien et s'éloigne. Willy continue de serrer le cou trop maigre.

Bird se meurt.

La marée monte lentement.

Personne n'entend pleurer ces trois hommes.

15

Dorothée, Jimi et Kevin ont fait passer le mot dans leurs lycées et dans les boîtes qu'ils fréquentent. Ils « sponsorisent » un SDF cascadeur. Le spectacle aura lieu ce soir même dans le haut de la place des Fêtes, à vingt-trois heures.

À l'heure dite, une trentaine de garçons et de filles, affublés de portables ou de petits appareils numériques, se pressent place des Fêtes, la plupart en voiture car le métro est peu sûr, dit-on. Ils forment ainsi un camp retranché derrière leurs véhicules de luxe. À cette heure, la place est vide et les tours flanquant les lieux projettent sur le sol une ombre uniforme. Les phares s'allument, définissant un rectangle pavé face au fronton du supermarché.

Trois sans-abri se tiennent comme des pauvres, esseulés dans un coin, un chien jaune à leurs pieds. Puis Kevin s'avance vers Aldo, le plus jeune, et lui tend les cent euros promis.

— Tu le fais seul ?

— Si tu rajoutes cinquante, Fifi est d'accord pour s'y mettre.

Kevin hésite sous l'œil de la jeune fille qui accompagne les deux hommes. Elle retient Fifi, le plus âgé, d'un regard impérieux. Mais le clochard détourne la tête et, d'un geste du menton, interroge Kevin. Celui-ci échange quelques mots avec Dorothée puis revient vers les sans-abri et leur tend à regret cinquante euros.

Après, ça va très vite. Les deux hommes se campent devant le magasin et, d'un geste sec, Aldo asperge leurs crânes d'essence. Fifi sort un briquet et enflamme les cheveux de son ami puis les siens. Des vivas fusent dans la foule des spectateurs et les portables figent cette horreur ordinaire. Les SDF hurlent sous la douleur et jaillissent, les mains dans le dos, contre la façade du magasin. À grands coups de boule contre le métal et le bois de l'entrée, ils essaient maladroitement d'étouffer leurs incendies. Entre les cris des deux hommes, ceux de la jeune fille et les sifflets des photographes, l'hystérie devient vite insoutenable. Trois minutes plus tard, le visage en sang, les sans-abri sont affalés contre le bitume. Leurs cuirs chevelus fument encore et leurs crânes sont largement ouverts. C'est à ce moment précis que retentit la première sirène de police.

En vingt secondes, la volaille lycéenne regagne ses voitures. Près des deux hommes inertes, le chien jaune lèche le sang qui souille le sol carrelé. La jeune fille pleure en caressant la jambe de Fifi et, alentour, les premières fenêtres s'entrouvrent en silence.

16

Ce soir, c'est Carlos le chauffeur et Janice l'infirmière. J'ai tout dit à Janice pour ce qui concerne mon père. Elle avait le droit de savoir. Il est minuit, Bénabar chantonne dans la radio et Carlos nous informe de ses dernières dragues dans les banlieues profondes. À la hauteur de Pelleport, le régulateur nous indique la place des Fêtes : coup de fil au 115. Carlos bouscule le Boxer et nous montons vers la place. Là-bas, c'est le bordel total.

Deux cars de flics, une Audi verte coincée contre un arbuste, cinquante hystériques sur le bitume clamant qu'ils ont tout vu. Les SDF sont allongés près du supermarché, cheveux brûlés, le visage en sang et, surtout, inconscients. Janice et moi nous penchons sur les deux hommes et, de suite, Janice plonge sur le portable pour alerter les pompiers du quartier. Une jeune fille dans les vingt ans pleurniche à côté des corps. Elle est pour moi.

— Samu social, mademoiselle. Vous êtes avec eux ?
— Oui, bordel.
— Parlez-moi.

— Des dingues de films sur Internet leur ont proposé de mettre le feu à leurs cheveux et d'éteindre sans les mains. Ils se sont cogné la tête contre les murs, tout ça pour cent cinquante euros. Et ça rigolait chez les riches.

Je pensais avoir tout vu pendant la maraude mais, là, ça dépasse l'entendement.

— Le Samu va les conduire à l'hôpital. Je peux vous proposer un lit à Montrouge si vous voulez. Vous avez froid ?

— Non, je vais rester avec eux.

Janice nous rejoint, démunie.

— J'ai perdu le pouls du plus vieux, viens m'aider.

Je m'assois sur l'homme qui dégage une odeur écœurante de viande grillée et presse sa poitrine en cadence pendant que Janice tente un bouche-à-bouche. Et le temps passe, vite, trop vite. Je stoppe pour reprendre mon souffle et suis tirée en arrière par un pompier.

— Laissez, on s'en occupe.

Partant de là, on oublie l'artisanat. Ils ont des masques, des bouteilles d'oxygène. Je me redresse et dévisage Janice qui elle-même fixe un flic débutant. Nous sommes tous d'accord : l'enfer n'est pas loin.

Deux jeunes mecs, adossés à l'Audi, se prennent des claques. Les policiers sont nerveux ce soir, mais je peux les comprendre. Je rejoins Carlos près du camion.

— Préviens la régulation, c'est pas pour nous.

Puis je me pose sur le marchepied et tire une cigarette de mon paquet. Je vais poser ma demande de mobilité pour les quartiers.

Et la nuit s'étire, marquée par le drame de la place des

Fêtes. Nous roulons sur les boulevards extérieurs, l'œil attentif aux prostituées roumaines, mais la détresse n'est pas ici. Elle est restée sur la place. À quatre heures, le régulateur nous apprend que le SDF est mort dans l'ambulance. L'autre vivra.

À cinq heures, je récupère mes fringues à Saint-Michel et fais l'ouverture d'un bar-tabac du boulevard Saint-Germain. Café-croissants, j'aime varier. Je tire le portable de mon sac à main. En trois clics, je reconnecte le film du meurtre. Rien n'a changé. Puis je saisis l'enveloppe matelassée pliée dans mon blouson, glisse le téléphone dedans et, avec mon feutre, rédige dessus *Libération*, rue Béranger. Le garçon m'apporte les timbres et, en sortant du café, je dépose l'enveloppe dans la boîte aux lettres la plus proche.

Deux heures à tirer. Je descends sur les quais, au bord de l'eau. Elle est noire ce matin ; une péniche transportant du charbon (seigneur, pour qui ?) passe sous le pont Saint-Michel. Je remonte, en traversant l'île Saint-Louis, le cœur aux abois, le dégoût dans la peau. Je dois arrêter de m'apitoyer, j'ai tendance à geindre sur moi-même et c'est pas en jouant les pleureuses que je trouverai un mec. Du coup, je pense à Bird. J'ai reçu hier l'avis de décès et je pars demain pour Ostende. Finalement, pour moi, rien n'a changé. Si, le tueur du bassin de la Villette.

Sans m'en apercevoir, je marche depuis un moment autour du Centre Beaubourg. Les premiers cracheurs de feu installent leur barda ; je repère Violaine, clocharde depuis trois ans dans le quartier, mais comme je suis en civil elle ne me remet pas. Les fêtards gagnent leurs piaules, l'œil vague et l'haleine rance.

Enfin, je parviens devant le laboratoire. Il est sept heures trente. Je pousse la porte et la Martiniquaise de l'accueil me fait signe.

— Ah, c'est la demoiselle pour le test HIV ?

Je fais oui du menton, carrément aphone.

Les odeurs d'éther.

Sting, sur une radio pourrie.

Un vieillard égaré jaillissant d'un box.

La cigarette en miettes dans ma poche.

Je me souviendrai de tout cela.

Remerciements à Stéphane Rullac pour son livre éclairant, *L'urgence de la misère*, Éditions des Quatre Chemins, 2004.

P. 38-39, les citations de Jean-Pierre Martinet sont tirées de son œuvre éditée aux Éditions L'Arbre vengeur, Le Dilettante et Finitude.

Composition Entrelignes (64)
Achevé d'imprimer
par la Nouvelle Imprimerie Laballery
à Clamecy le 10 septembre 2008
Dépôt légal : septembre 2008
Numéro d'imprimeur : 808182

Imprimé en France

157366